TIGER×DRAGON 10!

竹宮ゆゆこ
插畫◎ヤス

＊＊＊

「啊？什麼嘛，原來是你啊。媽媽還沒……啥？幫你跟她說？關我什麼事，這種事情你自己去說。」

『真是沒用！』話筒另一頭傳來對方咂舌的聲音。「怎樣？有意見嗎？」実乃梨用力束緊連帽T恤的帽帶，聽到電話那頭叫著：『巴尼！』這是過去曾在姊弟之間流行的獨特對話方式。「告訴我這是假的，巴尼！」以前聽到這種急迫的叫聲會覺得好笑，但是現在——

（註：「巴尼」和「告訴我這是假的，巴尼！」均出自動畫《機動戰士鋼彈0080口袋裡的戰爭》）

「再說如果你真的有事，為什麼不打媽媽的手機？」

『打了沒人接啊！』聽到弟弟不悅的回答，実乃梨也很不高興，隔著電話對看不見的對方開口：

「這邊很冷耶！笨蛋！為了接你的電話，我必須跑到走廊上，你是存心找麻煩嗎！」

『不會用子機聽啊！』「子機？」『妳不懂什麼是子機嗎？』「早就不知道丟哪去了！」

実乃梨真的很冷。原本待在暖桌裡的她沒穿襪子，現在光腳踩在電話所在的玄關走廊上，體感溫度大概是零度以下，冷到連在家裡吐氣都是白色。『我哪知道啊，醜八怪！』聽到電話那頭的吼叫聲，「你這傢伙！」她用凍僵的手用力抓住連帽T恤的帽帶，背上的帽子因此糾結成一團。

「你要是敢回來，我一定會殺……啊、媽媽好像回來了？」

玄關響起開鎖的聲音，穿著外套的母親買完東西，一隻手拎著購物袋回來了。実乃梨遞出電話，只說了一聲：「綠——」便充分傳達這通電話是由住宿的弟弟打來。「喂？」母親興奮上揚的聲音響起。

「真是的，太大聲了！」

當実乃梨打算幫母親把購物袋拿到廚房時，注意到母親的外套沾上發光顆粒。第一時間還以為那是雨滴。

「……咦？不會吧？」

她光著腳便朝玄關走去。踩著皮鞋打開冷冰冰的鐵門，跑到大樓的公共走廊上，因為冷到滲入胸口的空氣而吃驚。

沒看錯吧！

從四樓往下看，街上不知道從什麼時候飄起雪花，看起來就像無數小羽毛在夜空飛舞。她忍不住忘記寒冷探出身子。雖然校外教學時已經看雪看到膩，不過當白雪降臨自己居住的城鎮時，還是別有一番風味。

「哇啊！真美……！」

等一下回房間寫簡訊給朋友吧。告訴他們：下雪囉，注意到了嗎？真是超美的。快看外面。現在在做什麼？

「還可以加上一句：白色的情人節……那不就是白色情人節嗎？」

可是実乃梨沒有動作，只是凝視雪花飛舞的天空，以雙手拇指和食指比出彷彿在拍照的方框，眼睛看向框出來的四方形。

今天是神聖的情人節。

這場雪或許是上天的禮物。為了無法坦白的人們，祂用純白色的天幕，暫時隔開複雜的日常生活。

既然如此，那就盡量下吧。她對著愈發寒冷的夜空伸出雙手，閉上眼睛和嘴巴。我要待在這裡，不傳簡訊了。雪花落在張開的掌心上，看來單薄、微小，而且無依無靠。這雙手所接觸的熱度、如今依然層次鮮明的回憶、彼此的對話，感覺似乎都與蒸發的溫度一同飛向天空。

然後白雪化為水滴，終於在雲裡凝結，再度降臨這個世界。這個體溫落在每個人的頭上，無聲無息地變成光輝燦爛的鑽石──

「姊姊！有味噌拉麵、醬油拉麵、豚骨拉麵，妳想吃哪一種啊！」

——母親從玄關探出頭，手上揮舞冷凍拉麵的包裝。

「……真是煞風景啊，媽媽……！」

実乃梨不由得抱頭呻吟。可惡，就是因為這樣、就是這樣……她搔弄自己的瀏海，再度仰望飄雪的夜空。

或許就是這麼回事。我家今晚還是老樣子。她用手指捲動拉到極限的連帽T恤帽帶，對著夜空長長吐出白霧。不斷降下的白雪與這股白色氣息，如果能成為分隔世界的白幕一部分，那該有多好；如果能成為有如蛋殼的純白防護牆，守護這個世上某個角落終於坦承相對的兩人，那該有多好。

只要兩人在一起、只要不被誰看見，他們一定能夠誠實地共享祕密。

她正準備回到母親探出頭來的玄關，卻又再度用力轉動上半身，交叉雙腳面向夜空。喂，世界上的各位——！將冰凍的空氣吸個滿懷，彷彿想吸引不必要的目光，戲劇性地張開雙手：

「怎麼會有叫在拉麵店打工的女兒吃冷凍拉麵的母親啊！」

「妳……別鬧了……」

哈哈哈哈——她一邊笑一邊走進流出燈光的玄關。沒有看到樓下的橋上，正好有部黑色跑車不要命地不斷蛇行、超越數輛汽車往前衝。

＊＊＊

開過身旁的深色車子，看來都像母親的保時捷。

他們躲在十字路口角落，關門休息的美容院看板陰影下，屏住呼吸等待紅燈變綠燈。感覺紅綠燈好像永遠不打算變燈。在強烈的紅燈照耀下，空中降下片片有如落塵的白雪。

想說：好冷。

想說：會積雪吧。

「……」

想要喊聲「竜兒。」可是聲音彷彿凍僵在喉嚨深處，一句話也說不出口。她吹開黏在瀏海上的雪花。

只要開口，對話一定得繼續下去。竜兒，我們要去哪裡？該怎麼辦？接下來會怎麼樣？不過如果說不出口，那也只能保持沉默。

好幾台速度飛快的大卡車載著貨物，轉彎通過眼前的十字路口，在了無人煙的夜晚住宅區裡，彷彿示威一般發出吵鬧的聲音。即使無心，還是有一點可怕，穿著靴子的腳往後退了一步。透過骨頭從腳尖傳來柏油路面的冰冷。她的右手一直握著竜兒的左手，然而竜兒始終不發一語，手指不斷發抖，無論她握緊放鬆幾次都無法平息。

她仰望站在身邊的竜兒側臉。感覺熟悉的輪廓好高好遠，但是只要伸出手，或許指尖不用伸直就觸碰得到。狠狠上揚的雙眼看似在瞪視紅燈，可是他的臉頰一定很暖和，下巴也很放鬆吧。一片雪花落在蒼白的嘴唇上，瞬間融化消失。

只要一碰到就會消失。大河轉開視線。

強烈到可怕的欲望，傳到緊握的右手。想要握得更緊、想要不斷拉近距離並且豎起爪子拉過來、想要糾纏在一起，然後用獠牙咬下——想要滿足這股飢渴。如果能夠一邊咬住一邊喊出真心話，讓對方了解……

自己想要以直接踹過去的氣勢，把這份看不清全貌的迂迴想法傳達給對方知道。明明已經下定決心這麼做、明明如此，現在卻連名字都叫不出口，只能躲在美容院的招牌後面。剪髮四五〇〇圓，長髮加一〇〇〇圓。吹整二五〇〇圓。大河盯著這些字，幾乎快要全部背起來了，紅燈卻還沒變成綠燈。

推著這副發抖瑟縮身體前進的好友如果知道我變成這副德行，不曉得會有何感想——

「……！」

——要露出什麼表情呢？因為低著頭，所以鼻水流出來。大河吸吸鼻子，用手背擦拭。

竜兒可能是將吸鼻子的聲音誤會成啜泣的聲音，突然放開僵硬緊握的手。

「啊？」

「……小聲一點，不然會吵到附近鄰居。再說我們正在逃亡。」

竜兒出聲抱怨大河突如其來的驚叫，其實自己說話也很僵硬大聲。大概是因為好一陣子沒開口，所以音量調節鈕發生故障。

但是不要緊，竜兒慢慢將繞在羽絨外套下面的喀什米爾羊毛圍巾解下。

「咦咦咦……不會吧……」

「別管那麼多，就是這樣。」

輕輕圍在大河的脖子上——當然不是。大河的外套底下已經圍著自己的圍巾，竜兒把他的圍巾包在大河頭上，幫她擋雪。最後在下巴附近打個結。

「……這樣就可以去撿泥鰍了……！」

竜兒的眼神彷彿宣布死者下地獄的閻羅王，以咬牙的模樣低聲緩緩說道：

「泥鰍不是用撿的，是用捉的。」

雪花落在他的鼻尖，吐出的白霧不停晃動。

「……也許事先說一聲比較好。」

有如自言自語的話中內容意義不明。

「……你在說什麼？」

「和北村說打工的事要保密。」

兩人的視線沒有看向彼此。大河輕輕握起空著的右手，再度放開。不曉得還會不會再牽手？可是、可是、可是——

紅燈還是沒有變成綠燈。

＊＊＊

——雖然如此，但是現在下結論還太早。

——直到現在還有許多不同的說法也是事實。

——可是到了今天依然沒辦法得到結論。

「『意見不一致』……沒辦法一致啊。『目前還無法得到結論，時期尚早』……『有說法表示時期尚早』……嗯——『目前還無法得到結論』就可以了。好，大致就是這樣。」

北村小心翼翼整理整疊的報告用紙，仔細重新計算張數。三人份的報告一個人十張，接下來只要附上封面，用釘書機釘起來就完成了。這樣子就是兩○○○圓乘以三，一共六○○○圓。連字體也刻意改變，分別用2B鉛筆、0.3的HB自動鉛筆和藍色粗鋼珠筆寫成，應該沒有這麼容易被識破。

北村拿下鼻梁上的眼鏡揉揉眉間，順便用力伸展背部，發出一陣「喀啦喀啦！」的關節摩擦聲。然後轉動肩膀、扭扭脖子，像個老人一樣「嗯啊啊啊～～！」呻吟。

關上從小學使用至今的書桌抬燈，將三份報告疊在一旁避免弄髒。北村參考論文捏造出三人份的報告，內容雖然只需做到「證明確實讀過」即可，不過仍然不是簡單的事。吃力的不是腦袋，主要是眼睛和手。

根據哥哥的說法，最近愈來愈少報告准許使用文字處理機（話說回來，現在這個時代還有多少大學生懂得使用文字處理機也是個問題）。因為愈來愈多學生直接剪貼搜索引擎找到的網頁資料，或是掃描論文之後複製貼上，簡單交差，因此有些老師規定報告只准手寫。這種規定也為高中二年級的弟弟帶來商機。如果是過於專門領域的內容當然幫不上忙，不過倘若只是一般學科的報告，弟弟就能夠變身「寫報告機器」幫忙量產。

書桌旁的軟木板上貼著哥哥的「預約」字條。北村重新戴上眼鏡湊近一看。哥哥參加跨足數間知名私立大學的大型社團，所以人面很廣。從現在到學期末正是賺錢旺季，頁數多的報告甚至能夠收到一人五〇〇〇圓。剛好北村的社團活動暫停一陣子，所以有時間接案。

「這是一〇〇〇，然後五〇〇、一〇〇〇……然後二〇〇〇、二〇〇〇，到這裡總共是二八〇〇〇……」

北村用手指數了一下，閉上嘴巴心想：還不夠吧。當前的問題是燃油附加費。另外還有……對了，不能忘記吝嗇哥哥的一成。

「一成還真不少。可惡，要想辦法……咦？什麼東西？」

窗外傳來沉重的排氣聲，北村不禁抬起頭來。他坐在小椅子上伸手打開窗簾：

「喔喔！」

發現下雪讓他嚇了一跳。外面看起來很冷，無數雪片在街燈光芒中落下。然後——

「喔喔……」

看到在雪中慢速往這邊靠近的獨特車燈，北村又是一聲驚呼。這個排氣聲是保時捷嗎？在這種住宅區裡很少會出現跑車。

北村因為冷得發抖而關上窗簾，起身按下牆上的遙控開關打開暖氣。老舊空調發出呻吟的同時，北村注意到外面的引擎聲也跟著停止，接著清楚聽到跑車的開門聲。

不會是我們家的客人吧？北村心想應該沒有熟人會坐那種車子來拜訪。就在這時——

「叮咚。」連思考的時間都沒有，樓下門鈴已經響起。然後是母親的腳步聲，以及——「請問是哪位？」這種客氣回應對講機的聲音。

一開始聽到母親好像說了些什麼，過了一會兒便傳來上樓的腳步聲。母親敲過房門之後探頭進來，臉上是難以言喻的微妙表情：

「你可以下來一趟嗎？」

她的聲音還保有剛才的正經。這是不吉利的徵兆，北村已經做好心理準備。

「我？什麼事？誰來了？」

「她說自己是逢坂同學的母親，逢坂是你們暑假時一群人去川嶋家別墅玩的同學之一吧？她的母親好像……正在找她。聽說她失蹤了。」

逢坂大河失蹤了——正好在高須竜兒也行蹤不明的此時。

北村不由得感到糟糕。他瞬間靈光一閃，腦子裡的拼圖也一一拼上。是那通電話。從那時開始有事發生。

『喂～北村同學，我找不到小竜，你知道他在哪裡嗎～？』——我竟然蠢到老實回答她的問題。

逢坂大河與高須竜兒今天或許會發生什麼特別的事。我一直如此想著，也希望會發生，所以覺得有點不同也沒關係，就算在應該回家的時間沒回家也沒關係。所以我一點也不擔心。可是我無意識地覺得高須泰子是他們的監護人而無法說謊，老實說出他們的所在。

逢坂大河說過爸媽離婚之後，她一直都是一個人住。既然如此，她的母親為什麼會還在這時候出現在這個城鎮、出現在我們家？如果要找逢坂，應該去櫛枝家或高須家——難道剛才電話聯絡時，失蹤的人並非只有我的好朋友？他們兩人在一起？一起失蹤了？因為行蹤不明，所以家人在找他們？還是因為家人在找他們，所以他們失蹤？

「到底發生什麼事了……你是不是知道什麼？」

母親皺起眉頭問道。走出房間的北村沒有回答，一面步下樓梯一面心想：就是因為什麼也不知道，所以才必須思考。

1

對策？當然沒有。

就像討厭蜘蛛的人一不小心迎面撞上蜘蛛網、討厭蛇的人踩到蛇、殺人犯遇到警察一樣，竜兒轉身順勢逃跑。對方如果真是蜘蛛、蛇或是警察，或許還可以選擇「戰鬥」指令，問題在於擋住去路的人是母親，不能以棍棒毆打（再說也沒有裝備棍棒）。不對，言詞上的傷害遠遠超過棍棒毆打。母親——泰子臉色鐵青地跌坐在地。

但是自己卻頭也不回地跑開。

「……唔哇！」

「喔……！小心點！」

大河不小心失去平衡，竜兒迅速一把抓住她的手。大河圓睜的眼裡瞬間發出強烈的光芒。竜兒握著她的手用力拉起，腳陷入鬆軟雪中的大河勉強重新站好，繼續往前奔跑。握在一起的手已經分不開了。

兩個人沒有撐傘，跌跌撞撞地在下雪的夜裡逃跑，只是一味地奔跑。大河一定也同樣拚命。兩人不斷吐出白霧專心奔跑，一心只想逃離那個地方。

泰子自私的保護慾望擋在自認空虛的竜兒面前，使他認為無法呼應泰子就失去存在意義。另一方面，大河的母親想把大河從竜兒身邊帶走，也成為他們的阻礙。

這一切對竜兒來說都是敵人，因此以嚴詞攻擊取代棍棒毆打後，他也只能轉身逃跑。

他身旁有大河。

竜兒重新握緊大河的手，毫不隱藏自己的掌心滿是汗水。

在逃走的瞬間，這隻手想要的，以及想要這隻手的只有一個，那就是大河的手。竜兒想和大河一起逃離，而且大河也是。雖然不清楚阻擋在大河面前的敵人全貌，但是能夠確定她希望在被帶走之前和竜兒一起逃離。

兩名母親會開車追來吧？所以他們盡量逃進車輛無法通行的窄小巷弄，從住宅區之間穿越，然後漫無目的地亂竄。接著、然後──問題是。

問題是說真的……

「要過橋了，小心一點。」

只要竜兒選擇問一聲並且得到回答就以足夠。

「橋……」

「我們過橋去隔壁城鎮搭公車。繼續待在這裡會被抓到，搭電車也跑不遠。」

只要問出大河的心情就夠了。然後我要將自己那份複雜而且即將滿溢的心情，盡情向大河傾訴。只要這樣就好。聽到大河親口說出對我的真實感受，以及自己又是如何看待大河。

好想問、好想說——只是如此而已。

如果這麼簡單就能解決，相信世界也會為之變色，一切都有嶄新的開始。竜兒真切地感受到自己的心臟正在瘋狂跳動。

然而事情為什麼會變成現在這樣？

每次呼吸，低於冰點的空氣就會傷害呼吸器官的細胞。在不斷從天上飄下的白雪另一頭，兩排街燈照亮大橋上的人行道，光線顯得十分朦朧。這條路跨過晚上看起來一片漆黑的河流通往隔壁城鎮，但是前方一片黑暗，什麼都看不見。因為是漫無目的地逃離，所以根本不知道最後會到達何處。

竜兒朝有枯草掩護的河濱步道走去，現在只能前進。拉著大河的他小心注意四周，然後穿越雙線道車道。他們兩人趁著小卡車發出吵雜聲響開上水泥大橋時，偷偷跑到橋上。

但是。

有錢才能搭公車。都已經走到橋的三分之一，兩人才想起這麼簡單的事情。

「糟糕！對了，沒有帶錢！」

沒有停下腳步的竜兒忍不住蹙眉。居然在這個時候犯下這種失誤。錢包裡只有零錢，家用金融卡沒帶出來，而從阿爾卑斯那裡拿到的薪水，又被自己摔在泰子腳邊。

「別擔心！我身上應該有不少錢！」

大河邊跑邊從口袋拿出貓臉錢包，放開牽著竜兒的手，用凍僵的手指拉開拉鍊：

「你看你看，一〇〇〇圓鈔票有一張、兩張……」

「邊跑邊做這種事很危險的，小心等一下跌倒。」

「可是要先確認一下！你也不放心吧？還有一〇〇〇圓鈔票三、三、四……沒有零錢。」

大河以笨拙的手法，開始數起掏出來的鈔票。接著——

「啊、口袋裡有沙沙聲，難道是鈔票？啊，什麼嘛，原來是收據。」

就在她嘟嘴的瞬間，河面突然颳起一陣夾雜雪花的大風，從側面吹向正在過橋的兩人。

大風瞬間吹走露出敞開錢包的二四〇〇〇圓鈔票。

「……」

「……」

「……啊，錢！」

兩個人說不出半句話來。

鈔票乘著強風翩翩起舞、愈飛愈高，一下子往左一下子往右，彷彿在捉弄兩人的視線。

「啊、啊、啊。」、「喔、喔、喔。」……從旁人眼中看來，恐怕會認為這兩個怪人正在召喚死去海狗消失在空中的靈魂。可是大河與竜兒相當認真，拚命伸手想抓住在空中飛舞的鈔票。然而鈔票就像在嘲笑兩人，隨著橋下吹來的風改變方向。

「啊、啊、啊、啊啊啊……！」

「喔、喔、喔、喔喔喔！」

兩人跟著風，三步併做兩步穿越馬路上斷續的車陣，一起衝到欄杆前面伸手一抓。

「……」

「……」

二四○○○圓的鈔票刻意掠過兩人伸出的手指，飄然飛落漆黑的河面。

橋上兩人的手指空虛劃過細雪飛舞的天空往下伸，只是已經看不見底下的河面漂浮任何東西。無論怎麼哭泣、如何呼喚，河水永不止息，而且毫不留情。

兩人同時看向彼此。

「……」

「呀啊啊啊啊啊啊啊啊啊啊啊啊啊！」

「……」

「你你你這傢伙幹嘛一臉了然於心的冷靜表情！這下子該怎麼辦？」

「……」

大河抓著欄杆往下看，竜兒的姿勢與在一旁大叫的大河相同。他並不是了然於心，而是愣住了。說不出話是因為不相信會發生這種事，連想叫都叫不出來。

這是怎麼回事？

是那個嗎？

所謂的「天譴」？因果報應？

不斷飄落的雪紛紛落入流動的河裡。竜兒傻傻望著，連一根手指也動不了。

對於犧牲人生、生下自己並且撫養長大的母親說出「那是錯的」的罪有這麼重嗎？不過我所說的都是事實，不把我生下來才是正確的選擇。我只是喊出事實，就落得這般下場嗎？就該有這番遭遇嗎？

不斷說些華而不實的話，不斷忍耐再忍耐，最後變成犧牲。如果不這麼做、不對命運低頭，我便無法活下去嗎？我連公車也不能搭嗎？

有這麼罪孽深重嗎？

「到底該怎麼辦啊！怎麼辦……！」

怎麼辦、怎麼辦、怎麼辦？大河不斷重複這幾個字，同時雙手抱頭擺出課堂上打瞌睡的姿勢，趴在欄杆上。

兩個人都無話可說。

在動彈不得的竜兒身邊，穿著雪白安哥拉外套的肩膀也屏息僵住。細小雪片不斷落在她的肩膀、竜兒剛才幫她包住頭和雙頰的喀什米爾圍巾，還有流洩背後的捲髮上，一片接著一片，無窮無盡。竜兒的羽絨夾克肩上、背上，還有臉上也滿是雪花。

從河岸步道到大橋上。

神聖情人節的晚上八點。

白雪在夜空裡飛舞，地上結起有如冰沙的薄冰。兩人終於停下腳步。

看向大橋另一端——那裡是普通的住宅區，家家戶戶燈火通明，燈光全隔著白色霧氣。在持續無聲飄落的白雪隔絕下，無法抵達的大橋盡頭，彷彿是遙不可及的世界。

沒錢不能搭公車也不能搭電車，哪裡也去不了。或許是天氣冷的關係，身體不停發抖。光是站在原地不動幾分鐘，關節已經冷到發僵。但是保時捷或許會趁他們兩人站在這裡時追上，不能繼續發呆。

這個世界上沒有我們的容身之地。

竜兒看向大河彎起的纖細背部，思考大河在想什麼。不安、絕望、後悔——總之可以確定她正在詛咒自己的笨拙。只見她纖細的手指，緊緊抓住竜兒圍巾守護的腦袋到了發抖的地步。其實她更想把頭髮抓亂吧？

「竜兒，怎麼辦？」

竜兒無法回答，只能呆立在雪中，連一句「妳想怎麼做？」都問不出口。

問不出口是否因為這句話包含要大河負責的意思？我只是按照妳的希望去做、錯不在我、我是個要女人背負逃亡責任的男人——不是這樣嗎？

當然不是，但是問不出「大河想怎麼做」的恐懼確實存在，只不過竜兒害怕其他事。

竜兒發現自己只是拚命假裝忙著逃跑，企圖不去正視恐懼，因此不由自主繃緊背脊。

大河為了和自己一起逃離，握住我的手和我一起走，僅僅如此就能夠百分之百確定她想和我在一起。但是問題是……

老實說，我很害怕。

我知道自己的情況。當時大河的母親出現，告訴我要帶走大河時，我一心只想逃避。無論如何、不管做什麼、發生什麼事，我都無法忍受與大河分開。沒有大河的地方，我活不下去。就算問我原因，答案也只能等待事後再去摸索。在我決心捨棄母親守護的高須家時，我的手握住大河，這是我真正的心意。

可是我不清楚大河怎麼想，甚至可以說我根本不想知道。

其中的理由、為什麼會害怕、為什麼無法說出口、不敢正視。

「大河。」

都是因為我有預感這會造成血紅傷口裂開。

每次不希望猜中的預感，往往都會發生。

「……走吧。不管怎麼說，待在這裡都不是辦法。」

竜兒硬是擠出聲音，再一次抓住大河纖細的手指。「走吧。」試圖拉著大河前進。

大河的身體像鐘擺般晃了幾下。

「走……要走去哪裡……」

晃了幾下，又回到原來的地方。竜兒覺得預感愈來愈靠近現實。

竜兒感覺在開口之前，現實的輪廓一點一滴變得愈來愈鮮明。比方說大河身體的搖晃，還有最後那句現實的話語。大河捨棄棲身之處的原因、被丟在高須家隔壁大樓的原因，還有大河不願待在母親身邊的原因，以及不曉得是否包含上述這幾點，大河母親要拆散我和大河的原因。

預感是正確的。

傷口——好可怕。竜兒不禁發抖。

大河緩緩抬頭，手仍然握住竜兒的手：

「……已經，沒錢了。」

她看向竜兒的眼睛：

「沒了，真的沒了。」

「……我知道，不就是剛才被妳撒出去了嗎？」

是啦是啦，就是那樣。竜兒自暴自棄地對大河點頭，然而卻沒辦法一笑置之。

「那個，我跟你說……嗯……」

大河放開握在一起的手，撥開臉頰上的頭髮，把手插入自己的口袋裡。

恐怖的場面也許就要開始。竜兒因為本能的反應不想望向大河的眼睛，他害怕被大河漆黑的雙眸凝視。

「有件事我非得要告訴你。」

為什麼會變成這樣？大河發生什麼事了？竜兒害怕知道這些。大河早已成為人生裡無庸置疑的一部分，現在又是什麼樣的利刃要割開、撕裂她和我的身體、血肉與心靈？竜兒的臉頰不由得扭曲。大河又重複了一次：要告訴你。

「我真的沒錢了。錢包裡的那些是我最後的財產，戶頭裡面已經空了。今年以來我沒有收到任何匯款，裡面雖然有不少錢，但是被我陸陸續續十萬、二十萬地慢慢提領，已經差不多領完了。」

「——！」

純白的火焰從眼睛、耳朵、鼻子噴出。

所以。

果然。

果然、果然、果然，最大的罪魁禍首果然是他！竜兒顫抖到了無法停止的地步，內心想著：乾脆爆發吧。忍耐根本不合理又難受。痛苦得不得了的他忍不住激動問道：

「那個老頭到底在搞什麼！」

竜兒發出有如吃了毒藥卻嚥不下去的瘋狂叫喊。毒藥飛濺四周，大河八成也受到污染，可是湧上喉頭的劇毒卻讓竜兒痛苦得無法忍受。

那個老頭又來摻一腳！又來折磨大河！又用這種做法讓大河痛苦——可惡，既然這樣就給我去死吧。

「別再讓那傢伙插手妳的人生！」

給我消失！

大河稍微低下頭，彷彿在接受竜兒吐出的詛咒。「他沒有插手。」竜兒隱約聽見近乎耳邊呢喃的聲音。

「……聽說是官司打輸了。他之前一直在打官司。」

雪花落在大河的瀏海上，不停晃動。

「所以爸爸和夕一起逃亡。他必須支付一筆相當驚人的金額，聽說就算宣告破產也得支付。公司、房子、車子，全都沒了。那間房子也已經不再屬於我，我是非法侵占。」

白色黏土上有彈珠眼睛、枯葉鼻子，還有樹枝嘴巴。在蠟筆畫出的橢圓形上，有圓眼睛、三角形鼻子和四角形嘴巴——沒有血色也沒有溫度。

這是大河的臉。

「爸爸逃走了，接下來會怎麼樣？總有一天會被逮捕嗎？我不知道。結果他到底從事什麼工作？做過工作嗎？我連這些都不清楚……不曾認為有什麼不對，甚至不曉得他變成這樣。一直到那次校外教學時，媽媽來找我，我才知道。我原先也不曉得媽媽即將再婚。」

「為什麼妳沒告訴我？」竜兒甚至不知道是自己的聲音如此詢問，還以為是從遙遠次元盡頭傳來的警鐘。

「對不起。我沒告訴你，對不起。」

然後呢？妳有什麼打算？

焦慮的竜兒不靈光的說話方式，彷彿是在夢中。

「媽媽表示要收養我，所以我告訴她，那就買下我現在住的房子，讓我繼續住在那裡，和爸爸一樣匯錢給我。我甚至說如果她不願意，乾脆放我自生自滅。我雖然笨拙，多少還能找到工作，我會自己想辦法活下去。可是媽媽反對。媽媽和我不同，她想和爸爸徹底了斷，她不希望『自己的女兒』是『逢坂陸郎的女兒』，所以爭取到我的監護權，要帶我去誰也找不到的地方。我突然覺得如果夕在就好——」

今天之前大河的臉。想用謊言將一切輕描淡寫的大河，偶爾會彷彿窺見真正絕望的空虛眼神。在說教房裡大喊的那番話。應該能夠傳達的心情。

想要傳達的心情。

「——竜兒？」

竜兒被這一切打倒，不由得屈服了。

他掩面蹲在大河腳邊，屏住呼吸拚命嚥下快溢出雙手的嗚咽。可是哭解決不了事情，也沒有任何幫助。

「哈哈哈……」

大河笑了。

好像有什麼溫暖輕柔的東西蓋在竜兒用手抱住的腦袋上。那是沾上大河的體溫，竜兒借她的圍巾。

「是我有問題吧。」

蹲下的大河在竜兒面前伸出雙手，連同圍巾一起抱住竜兒。她的輕聲呢喃讓竜兒後腦勺發抖，碰觸竜兒鼻子的長髮十分冰冷。兩人頭上的小雪依然不停落在河面與城鎮上。

「只會搞出這種事。」

在圍巾與大河體溫的守護下，眼淚繼續打濕竜兒的臉頰。如果妳有問題，我也不正常。竜兒發不出聲音。對我來說不可或缺的逢坂大河若是有問題，那麼我高須竜兒也不正常——說不出來，只有嗚咽瘋狂燃燒喉嚨深處。叫出不來、沒有容身之處、不知道該何去何從，連可以回去的地方也沒有。

竜兒拚命起身伸出雙手，他想告訴大河，無論待在哪裡、無論這裡是哪裡，只有自己絕對不會改變、持續存在的事實絕對不會改變。竜兒使盡全力、以生命所有的力量緊抱大河。

「為什麼你……」

大河也用力回抱竜兒：

「願意待在我身邊……？」

笨蛋！竜兒並沒有大喊，反而抬起臉，把下巴埋在大河的髮旋裡，仰望飄雪的天空。淚濕的臉頰一下子凍得冰冷。

「……妳不懂嗎？真的不懂嗎！」

夜空沒有星星，看不見指引方向的星座，不曉得自己身在何處，只知道大河在自己的懷中，而自己就在大河在的地方。

這是唯一能夠確定的事。

「我應該存在的地方，除了這裡還有其他地方嗎？」

閃爍的眼睛發出比星星更加強烈的光芒。

咦？大河忍不住眨動眼睛。竜兒的眼皮似乎看向光亮的地方，忍不住輕輕顫抖。說得這麼理所當然，就連竜兒也不禁驚訝地輕輕放手。自己無法理解的所有問題，原來答案全部都在這裡。

竜兒離開半步，把黏在大河臉上的頭髮撥到耳後，彎腰看著下方的雪白臉蛋。「這裡？」竜兒點頭回應，以掌心觸摸如此反問的臉頰。柔滑到幾乎融化的臉頰依然僵硬，但是已經恢復溫度。

「嗯。」

竜兒最後再一次重重點頭，毫不遲疑地展現他的決心：

「沒錯，就在這裡。」

雖然不清楚為什麼，但是這個答案肯定沒錯。做出決定的人是我自己。竜兒的肺部吸滿冰冷的空氣，慢慢地吐出白色氣息。腳下的薄冰融化，又積上剛落下的雪，層層堆積。如果仔細注意，會發現橋邊欄杆與大河的頭髮都堆積富含水氣的雪。

老實說竜兒不明白，為什麼沒能弄懂原來自己早已經抵達這裡。

如果大河不願意，她會踢我、踹我、暴怒、頭錘，使出一切方法逃走。她的尺寸雖然只有手心大小，不過老虎還是老虎。竜兒即使有這個想法，可是他不想讓大河逃走，所以做了一個假動作——他拿下頭上的圍巾掛在脖子上，側著臉順勢前進一大步。

人類為什麼會做這個動作？不管是證明、約定、誓言、沒意義、練習、本能、還是口唇期什麼的，原因已經不再重要。

為了守護自己、守護大河、守護我們的關係、守護這一切，竜兒踏進自己以理性全力構築的絕對禁忌。

我們不是父女、不是兄妹、不是姊弟，也不是朋友，更不是房東與食客。我們只是同班同學，但又不是單純的同學，不是鄰居，沒有主從關係，沒有基於主從關係擬似家人的關係，也不是彼此暗戀對象的好朋友。他知道自己這麼做，一切危險的關係都會摧毀，也知道這麼做，兩人之間舒適的間隔緩衝將會全部消失。然而他依然想接觸。

竜兒想要親吻大河。

與雪花飄落的間隔相同，竜兒一秒一秒等速前進縮短距離。這一切皆是不可逆的動作，絕對無法還原。

以嘴唇接觸嘴唇。

直到碰觸之前都沒注意到竜兒靠近的大河，溫暖的氣息瞬間抖了一下。

反正只是稍微碰一下，不要緊。就像可愛小狗的舉動，稍微把嘴巴靠過來……接著他用右手抓住大河的後腦勺，稍加用力將她推近自己。

不願離開接觸的嘴唇，彷彿在避免大河逃開。

明明是自己的所作所為，自己的背卻在發抖。其他人也會接吻——他們都是這樣嗎？嘴唇的觸感柔軟炙熱到了恐怖的地步，太刺激了。緊張、感慨、情緒等等全都拋到九霄雲外。來自互相接觸的嘴唇，快要融化的甜美觸感竄過腦髓，心臟的跳動也加速到不可思議的速度，帶電的長槍由皮膚內側穿透。正如同理化課所教導的內容，感覺就是一種電流。閃電奔流衝擊腦神經，在眼睛深處綻放火花。

人類居然會做這麼了不起的舉動。

這種動作，非常——

「你——」

不持久。

「……你吻我？」

大河繞過竜兒放鬆的右手下方，轉身拉出一步的距離，接著以有如野獸發出強光的濕潤雙眼看著竜兒，似乎打算隱藏重要寶物的雙手輕掩淺色嘴唇，不停搖晃頭髮。

「……吻了。」

我吻了大河。

「吻、吻吻吻、吻了……？」

「吻了吻了吻了！」

真的吻了。

竜兒以發抖的動作頻頻點頭，同時也用單手遮住自己的嘴唇。這個情況絕不普通。這麼驚人是因為兩個人第一次接吻？將來總有一天會習慣嗎？這種事情也會習慣嗎？竜兒無法正視大河的臉，東張西望的他什麼也沒看進眼裡。可是身體與戰慄的內心並非相連，身體還想做出恐怖的事，也許再吻一次會更鎮定。不，搞不好更可怕。因此竜兒伸出手——

「……唔喔喔……你這個混蛋……！」

但是卻被另一隻手壓制。大河的全身由劇毒構成，這一點竜兒打從相遇那天便親身體驗，因此絕對碰不得，可是他——現在已經太遲。竜兒已經嚐過了。竜兒嚐到的毒，將會甜美又痛苦地瘋狂侵蝕他的身體。

從這一步往前走會走到哪裡，自己也無法控制。他全力扭動身體，幾乎快把身體扭斷。「不過我想看看能夠走到哪裡。」「不是現在。」竜兒離開大河一步。「可是我想試著走到目的地。」「別走，傻瓜。」遠離兩步。距離三步的竜兒搖搖頭，他無法拋開一切，然後順從無窮無盡的慾望墮落。

「你、你……」

竜兒好像喝醉酒一般，以危險的動作搖晃徘徊，背部碰到大橋堅固的欄杆，順勢緊緊抓住積雪的欄杆。大河的靴子逐漸進入搖曳的視線範圍。

「喂，等等！走開走開走開！別過來！」

不可以！不准過來！別過來！竜兒拚命大喊，深怕大河聽不懂。他爬上水泥欄杆，視線離開不停流動的河面，斜著身體低聲說道。他緊緊咬著嘴唇，一時之間忘不了剛才那種腦漿都快融化的觸感，變得不知所措。

對了，快點回想起來。我們選擇的容身之處快被大人奪走了，大河也伸手要抓住我的身體，跨越兩人的距離，肌膚直接接觸。即使如此，我們還是會被拆散。

不行，我不要，絕對不要。竜兒雙手抓住稍微被雪弄濕的冰冷頭髮。鼻尖聞到距離腳下兩公尺，在暗夜裡川流不息的河水氣味。我該怎麼辦才好？必須跨越這個局面，與大河一起守護我們的容身之處，不讓它被奪走。竜兒屏住呼吸，閉上眼睛，在欄杆上彎腰思考。有沒有什麼辦法？該逃往哪裡好？拜託了，有沒有誰可以給我這個愛撒嬌的小鬼，來個震撼腦袋的戲劇性發展——

「咿呀啊————！」

「噗喔！」

——大河出手了。

比耳朵稍微高一點的右後方傳來怪叫聲，竜兒同時遭到襲擊，幾乎往旁邊飛去一大步，站不穩的竜兒不由得雙手抓住欄杆。但是——

「你你你你這傢伙要噗噗噗噗笨笨笨、笨、笨笨、笨——」

「啥啥啥、喂、啊啊啊！」

大河單手抓住竜兒的背後衣領，腳步左右搖晃。雖然步伐看來不穩，實際上腰部穩如泰山，包裹在大衣下的上半身使出俐落的迴旋動作，狠狠揮拳痛毆竜兒：

「笨蛋！笨蛋！笨蛋、笨蛋、笨蛋、笨蛋、笨蛋、笨蛋！笨蛋笨蛋笨蛋笨蛋笨蛋！」

「住手……真的很……痛……啊啊……」

「你這傢伙！到底要笨到什麼地步！」

「不要打了，真的、妳……唔哇！」

竜兒認真防御的雙手被乾脆甩開，不由得東倒西歪。他不曉得事情到底為什麼會變成這樣。果然不該吻她嗎？她是因為這樣而生氣嗎？可是——

「賞你巴掌真是對不起！」

大河的聲音帶著嘶啞，彷彿是在慘叫。竜兒只知道一件事：大河認為自己具備驚人破壞力的「掌底破！」與「直拳突擊！」只不過是「巴掌☆」。如此評價實在太低了，它們絕對不只是巴掌。

「可是打在你身，痛在我手！」

「哪有那種事！唔喔喔……！」

竜兒忍不住伸出右手想要吐槽，卻被大河用左手手背輕易擋開。

「你再給我投河自盡試試！我絕對、絕對、絕對……」

「咕耶耶耶……！」

大河似乎誤會什麼，雙手牢牢勒住竜兒的衣領。在她仰望的雙眼裡——

「我絕對會殺了你……！」

搖曳低吼猛獸的認真。

竜兒無法移開視線，不去正視她的可怕。

超高溫的血液湧上大河冰冷蒼白的臉頰，她露出女王虎的獠牙，竜兒的身體僅僅是被瞪視，就已經嚇到彷彿遭到撕裂。大河吐出的白色熱氣，殘暴地吹向竜兒鼻尖：

「我也曾經想過如果自己不在這世上該有多好！想過……想過好幾次！唔……」

聲音抖了一下。大河薔薇色的臉頰滿是淚水，柔軟的嘴唇扭曲，抓著竜兒衣領的雪白小手止不住發抖：

「可是我活著……那是因為……！」

竜兒總算搞清楚是什麼誤會讓大河如此衝動，可是他的脖子被狠狠勒住，無法讓大河冷靜下來，也沒辦法解開她的誤會。竜兒覺得大河這傢伙真是笨到可以。不但笨手笨腳、老是判斷錯誤，而且十分暴力、不聽別人說話，只有力氣很大，還有——

「那是因為有你！」

還有很直接。

嗚……即使喉嚨發出嗚咽聲響，大河仍然沒有移開視線，只是直直抬起臉龐，手裡拉扯竜兒的領口，以哭泣的表情吐露再也真心不過的心裡話。大河以讓人躲不開的強大力量，捧著自己赤裸的心，下定決心奔向竜兒，並且流淚大叫。

為了唯一的戀慕之心賭上性命。

「因為我喜歡你！」

大河如此吼道。

有如火焰、箭矢、老虎、子彈、光線一般熾熱、快速、強烈，大河的聲音射穿竜兒的心臟。貫穿，然後點火，比起拳打腳踢更加強烈，甚至撼動竜兒的生命，燃燒殆盡之後留下一片焦土。疼痛滾燙難受——妳……

「妳想殺了我嗎……？」

竜兒也傾盡全力喊出真心話。

「我真的想殺了你！沒錯，我一直對你很火大！剛剛那是什麼？你剛剛對泰泰說的那些話是什麼！」

「那、那是……」

「少給我找藉口，禿頭！」

大河用力搖晃抓住的衣襟，快要腦震盪的暈眩讓竜兒眼前一片黑。

「不准你再說那種話！什麼叫如果沒生下你就好？不准你再說這種話！我不准！你一定要活著！不管你喜歡誰、無論你接下來和誰一起生活都沒關係！我會繼續存在這裡，只為了一個原因，因為我想看著你、看著高須竜兒！只是為了這個理由！即使對你來說我什麼都不是也無所謂，我想待在你的附近……只有這樣！可是、可是你卻吻了我，所以……所以！我想！待在你身邊！決定要待在你身邊！已經決定好了！已經、已經、已經……！這樣你清楚嗎……！」

大河粗魯的手指突然離開竜兒的羽絨夾克。

大河幾乎要放聲大哭。竜兒想要再次擁抱眼前這個別人說得再多還是聽不懂的女生。可是就在他踏出腳步的瞬間，「喔！」鬆軟的雪害得鞋底打滑，這只能說是倒楣。

「喂！聽懂了沒有？」

「是——」

大河正好在此時以身體衝撞竜兒，也不曉得她是正要飛撲過來、正要抓住竜兒，還是正要毆打竜兒，總之這個舉動也只能說是天意。兩名太有精神的高中生因為用力過猛、重心不穩而撞在一起。失去平衡的竜兒一口氣將全身重量靠向左側——的欄杆。打滑的鞋底支撐不住，突然伸向欄杆的手又因為握到冰冷的薄冰，完全沒有阻力。結果差點摔倒的大河伸手關鍵一擊正中竜兒的脖子後側，就像遭到一記金臂鉤襲擊。

「——啊啊啊啊啊啊啊啊！」

竜兒的身體越過欄杆。

這果然是天譴。

不對，是報應。

停留在空中的時間彷彿永遠不會結束，竜兒甚至以為自己看到觀音菩薩而哭泣。所以這世上確實有天譴這麼回事——竜兒如此承認的下一秒，整個人背對水面沉入水溫不到零度的河裡。人在水裡的他看到水柱揚起，心臟一陣緊縮。

在完全的黑暗之中，竜兒停止呼吸，一片死寂的四周讓他心想：「這下子死定了。」不覺得冷也不覺得痛，所有感覺隨著凍結麻痺。

呀啊～～慘～～了。

大河在橋上慘叫，含糊的叫聲像是慢動作重播。已經不行了……竜兒腦中如此認為，四肢卻不由得掙扎，可是手腳一下子就碰到河底。原來這條河淺到坐著就可以浮出水面。

「哈噗啊叭呸呸呸！」

竜兒彈跳起身。

「噗妳……叭！噗喔！」

竜兒一邊咳嗽一邊吸入氧氣。會死，真的會死。「哈吸啊吸嘰噫噫噫噫！」——高須竜兒瀕死之際，決定將這個世上一切活的東西全部帶走。他化身為連地球都能炸飛的自爆裝置，狂亂的眼神瞪視虛無的盡頭，咬著腸子的嘴唇帶著悽慘微笑，黑色羽翼碎裂，心臟射出閃光，他在千年之後將要轉生成為魔王。可怕的千禧年——當然不是這樣。

「看吧……遭遇這番慘狀……」

竜兒不禁覺得從橋上靜靜俯瞰自己的大河更可怕，他的視線抖到看不清楚，大河卻以一副了解一切的模樣頻頻點頭：

「沒事就好。不過啊……你現在深刻體會到了吧？不准再嘗試投河自盡囉。那可不是什麼輕鬆的死法。」

「明、明、明——」

「我知道你要說『明白了』。很好，了解就好！……」

她擤過鼻子、擦過眼淚之後說道：「上得來嗎？」不是說這種話的時候吧！於是竜兒說出自己的真心話……

「明明明明是妳把把把把我推推推下來來來來的的的的！」

「啥？你說什麼？我聽不清楚。」

「我我我根本沒沒沒打算跳跳跳河自盡啊！」

「嗯？是這樣嗎？」

「妳、妳、妳自己亂誤會、隨便動手施暴暴暴！我我我才會變這這這樣啦……！」

「討厭！不是就早點說嘛！」

討厭？被推進河裡的人怎麼能夠接受這種態度。竜兒膝蓋以下仍然浸在水裡，看著俯視自己的大河，他深吸一口氣，心想要對她說什麼。白雪片片落在凍僵的濕淋淋身體上，竜兒的手腳快要完全失去知覺。

「喂——要不要緊——？」

大河由欄杆探出身子，用手背擦拭淚濕的臉頰，同時往下看向河中的竜兒。

「怎、怎麼可能不要緊……冷冷冷冷、冷斃啦啦啦！」

「真是遺憾……」

「還不是妳的錯！」

「嗯，不過因為我不是故意的……」

「什麼叫『不過因為……』？妳這、妳這、妳這個……笨蛋！笨手笨腳！遲鈍！呆瓜！暴力狂！太亂來了！」

不狠狠唸上一頓，竜兒實在心有不甘。雖然不甘——因為快冷死了，所以他像是爆發過後的溶解爐一樣燃燒不起怒火。仰望大河的他吐出白色霧氣，用沒有知覺的手指摩擦毫無知覺的臉頰。每用力擦一次，便一點一滴恢復血色和知覺。

在竜兒被迫強制冷卻的腦袋裡，清楚分辨出他與大河之間的距離。一個在橋上，一個在河裡，伸出手也搆不著。雪白臉龐位在自己觸摸不到的地方。

「我不是跟你道歉了嗎？」

「哪有……」

都到了這種時候，大河還在撒嬌耍任性。她說完後便癟起嘴來。在隨風飛舞的飄雪中，風也吹動柔軟的頭髮。觸摸不到她的頭髮、她的臉頰、她的嘴唇這件事，讓竜兒感到無法忍受。想要到她的身邊、想要更加靠近、想要永遠在一起、想要和大河一起生活下去。

決定好活下去的棲身之處，不許任何人奪走。

不想被奪走，就必須戰鬥。主要的對手是大人。擊敗大人之後，自己也會變成大人，而一旦變成大人，就表示——

「大河……」

——就表示。

竜兒對大河揮揮手想引起她注意。大河再次哼了一聲，歪著腦袋看向泡在水裡的竜兒。

這不是心情的問題。而是要以大人世界的作法，讓大人認同自己是大人，不再把自己當成任隨他們擺佈的小孩子，想要全力守護自己的棲身之處。動物不都是這樣？地上的野獸、天上的飛鳥、水裡的魚兒，甚至樹上的蟲子只要長大，都會抬頭挺胸大聲主張：「這是我的地盤。」並且捨命奮戰。

「我現在是十七歲。」

大河稍微沉默，然後「喔……」點點頭：

「我也是……因為我們是同學……」

「我不是要說那個。」

指向橋上大河的手指正在抖動，或許不完全是寒冷的關係。

「而且馬上就要十八歲。」

自己想帶著大河前往的地方、逃亡的終點，這時候終於能以具體的數字呈現。

過了這個星期四、撐過星期五，利用星期六、日多爭取一點距離，這場大逃亡的最後目標，就是竜兒的生日。到時候我就能夠大喊：我要活下去！在那之前必須和大河兩人全力逃跑，直到十八歲那天來臨。

所以竜兒吸了一口氣，眼睛看向大河：

「嫁給我。」

在照耀大橋的成排街燈下，大河白色的外套看來有如發光一般耀眼。

「從今以後的每個日子、接下來的一切、全部，都想和妳一起，一輩子和妳在一起。」

在伸出的顫抖手指前方，找到一直想要的光芒。竜兒想用這隻手摘下星星。輕輕將它掬起。瞪著世界的每個角落，不讓給任何人。在心中大喊：這是我的！

「……你是……為了救我才這麼說？」

大河的臉色變了，聲音和冰一樣冷冽。

「為了可憐的我這麼做……這是同情嗎？憐憫嗎？體貼嗎？為了陶醉在自己的好孩子行為、為了讓成為犧牲品的自己心情愉快，所以才說出那種話？」

如果是這樣——竜兒似乎看見大河正在齜牙咧嘴，而且八成不是他的多心。凶猛殘暴的眼神直射竜兒，握拳的小手正在發抖，大河渾身上下的血液比熔岩還滾燙。如果真是如此，看我怎麼撕裂你。一個不小心就會被撕碎。大河的身體因為肉食性動物的本性而戰慄。

無論用什麼理論都說不通的眼睛，只想挖掘真實。

全部給我收回去，否則——她俯視竜兒的眼神表現出如此的態度。

可是我也不會認輸。

「呀啊啊可惡……混帳啊啊啊……冷、死了了了了了了～～～～～！」

我也是一樣拚命，怎麼可能認輸，絕對要贏。竜兒也抬頭仰望大河。有如火焰的戀慕之心被逼到九死一生的絕境，體溫正處於生與死的緊要關頭。發抖的竜兒睜大雙眼，咬緊僵硬的嘴唇，拚命挺直背脊，雙手一起伸向大河：

「隨便妳怎麼想！我要說的，只有一件事！」

竜兒以沙啞的聲音大喊：

「我喜歡妳！所以我要對抗打算奪走妳的傢伙！不管對方是誰，我都要戰鬥！」

「喜歡……我？」

「……好冷！好冷好冷好冷、快冷死了！」

「……竜兒，喜歡我？」

「啊～～～～好冷啊！冷～～～～～～～！」

「你剛剛說喜歡我。你說了、你說了、你說了……你說了。我確定你說了，我聽見了。」

既然聽見還問？一切已經超越極限。竜兒雙手無力、膝蓋也失去力氣，「啊啊啊……」低下頭，過了一會兒——

「……我喜歡妳。」

語畢的他感覺自己已經將全部的心意說出來，再也擠不出任何東西。結論就是這麼回事，只有這樣一句話而已。在鬧得沸沸揚揚之後，終於說出來了。

「我無法忍受妳面對悲傷的遭遇，也不想再擁有難過的回憶。可是如果必須累積悲傷難過與忍受不了的事，才能到達這裡——才能到達妳的身邊，而妳也因此來到我身邊，我會珍惜這一切。我的世界全部因為妳而存在。」

妳支撐我的世界。

彷彿連體溫一起奉獻出去。竜兒說完之後看見不得了的景象，大河一下子從欄杆後面消失，然後——

「……等、等、等、住手、喂、唔喔、唔哇哇……！」

跨過欄杆準備跳下來。

她打算跨越一切事物撲向竜兒懷中。完全不理會竜兒阻止的聲音，喊完「預——備！」之後便雙腳一踏跳了起來。

裙子輕飄飄展開，在竜兒眼裡有如天蓋。

「我接不住妳！接不住！噗喔喔喔喔喔喔！」

只是下個瞬間，竜兒拚命抓緊大河，用肩膀、背部和腰部支撐大河的體重。竜兒還以為大河會尖叫。

「我已經來了。」

搖搖晃的竜兒腳步蹣跚，揚起不小的水花。來了，她真的來了。竜兒緊抓住從橋上跳下來的大河，不過依然站不穩腳步，幾乎快要跌倒。

「不能取消，不接受退貨，也不會離開你，你來不及後悔了。」

「妳、妳是猴子嗎！」

大河用四肢緊緊纏住竜兒，將全身的重量交給竜兒，下巴擺在竜兒肩上，身體仰賴竜兒的雙臂支撐。她一邊呼著熱氣，鬥牙抵住竜兒的脖子，彷彿即將咬向單薄皮膚下的頸動脈。

舌頭的溫度讓竜兒顫抖。

「不管是猴子還是什麼，反正你已經不能反悔了……！」

「……求之不得。誰會反悔啊。」

已經決定了。然而沉默不到一秒，竜兒真的支撐不住大河的體重，兩人一起跌入冰冷的河水裡，揚起水柱與一連串的慘叫。

都怪你都怪你、是妳要怪妳、笨蛋笨蛋、呆子呆子、笨手笨腳啊——！之中也少不了兩人的互罵聲。

＊＊＊

「唔~~~哇哇哇哇……」

某人一邊呻吟一邊凝神注視，在確定沒錯之後自言自語：

「果然~~~」

她不知不覺藏身在街燈陰暗之處。由河濱步道俯視大橋下方時，發現在這種下雪的日子裡居然有兩個危險人物正在揚起水花、大吵大鬧，而且似乎就是「那兩個人」。她以防風慢跑外套過長的袖子遮住嘴邊，轉過纖瘦的身體，再一次害怕地看向兩人。

呀啊——好冷！快冷死了！腳陷進去了！呀！幫我拔！搆不到！大河！竜兒！嗚呀！果然是一直在尋找的兩人組。可是來到這裡，她突然非常不想和他們扯上關係。反正看來很有精神，就在她準備回家之際——

「……嘖！」

打算無情轉換方向的腳，最後還是沒能移動。

咋舌的她打開手機，在寒冷的街燈下踏著腳步計算電話鈴響的次數。數到五次不接，我就回家——一定。她注意到剛剛一路穿著的雪靴鞋尖有個被冰冷積雪濡濕，不到一公分的水漬。唉呀。正要變臉之際，青梅竹馬接起電話：

『喂~~！我現在正在高須家和逢坂家前面。按了電鈴也沒人應門，看起來兩人都不在。妳現在在哪裡？』

「……河邊。然後……我找到他們了。他們在大橋這裡。在河裡，超恐怖的！」

『什麼！真的嗎？』

「感覺非常不妙。」

她拍去肩膀上的雪，一邊心想早知道就帶把傘，一邊把手插在口袋裡，背靠著街燈。雪接連不斷落在她冰冷的身上。

『該不會是，也就是那個嗎？要說出口有點可怕，也就是那個……兩、兩個人一起……殉情之類的嚴重場面？』

「不是，還要更加瘋狂。」

她再度看向兩人一眼。發狂的他們繼續在隆冬裡玩水。

『瘋狂嗎？總之可以確定情況十分不妙。我立刻過去！』

「亞美美可以回家了嗎～～？」

帶有鼻音的聲音並非故意，而是她真的鼻塞了。亞美原本就有些感冒，今天本來打算早點睡的。反正外面下雪，今天也沒有心情繼續每日固定的慢跑，不如悠悠哉哉泡過澡之後，再來個臉部按摩。

——原本不想在乎這兩個傢伙之後發生什麼事的。

『不行！快點讓瘋狂的兩人恢復正常。我馬上就到！啊，也幫忙通知一下櫛枝！』

「啥？我又不知道她的手機號碼。」

『撒謊。』

「真的啦……咦？居然掛我電話。」

緊急狀況。

看來已經演變到不可收拾的地步。

接到青梅竹馬那通教人笑不出來的正經電話時，不論是誰都會受到影響。都怪他要用那種聲音、那種方式說話。因為青梅竹馬那樣說，亞美才會忍不住來到玄關、穿上新買的雪靴、連傘都沒拿就飛奔出門。

「……開什麼玩笑，這算什麼？」

亞美口中唸唸有詞，用凍僵的手指按下手機按鍵搜尋電話簿，按下通話鈕。電話鈴響不到兩聲，對方就接通了。

「啊。喂？」

亞美裝作自己沒有多想什麼，壓抑自己的聲音，盡量以不帶感情的冷淡聲音迅速說道：「在河濱大橋附近找到他們。祐作也說他馬上會到。」『不會吧？真的？我知道了，現在過去。』對方也以簡單四句話回答，聲音聽起來很喘，似乎正在跑步。

亞美把手機收進口袋，對著夜空吐出白色霧氣。好了，接下來該怎麼做？此刻仍能聽見河邊傳來的瀕死哀號。話雖如此，既然能夠喊得那麼大聲，表示精神很好吧。看來我還是暫時當成不認識他們，在一旁觀看就好。

「……呼……好冷……」

剛剛過來這裡的路上沒看到人影，只有白雪不斷無聲飄落累積，四周靜得可怕。亞美看向笨蛋大吵大鬧的河川對岸，只有閃閃燈光不停搖曳，對岸一定也很安靜。天上無止盡飄落的雪花，彷彿無聲分隔兩邊的簾幕。雖然只間隔一小段距離，此刻的感覺卻像星星之間的距離一樣遙遠。

在彷彿遭到世界割捨的寂寞之中，亞美心想，自己究竟屬於哪一邊？是愚蠢透頂慘叫吵鬧的那邊？或是模糊遙遠的那一邊？

到底該選哪邊才好？

「啊！是蠢蛋吉！」

「喔！真的耶，是川嶋！」

不會吧……亞美戰戰兢兢轉過頭。果然沒聽錯，高須竜兒和逢坂大河站在水深及膝的河裡，以悽慘的模樣拚命划水前進。以全身被冰水浸濕、快要凍成冰柱的可怕模樣對著自己拚命揮手：

「蠢——蛋——吉——！」

「川嶋！喂！喔喔喔——喂！」

亞美突然一臉無法理解的表情，彷彿聽到哪裡傳來的幻聽——是雪妖精在和亞美美說話嗎？亞美露出這種表情，把臉轉過一旁。因為真的很恐怖。

「呀！可惡的蠢蛋吉，居然裝作沒聽到！」

「唔哇啊啊啊開什麼玩笑！我們快死掉了耶！」

壞蛋——！壞蛋——！聽到他們的叫聲，亞美仍然無法理解。這裡只有比任何人都美、都善良，渾身散發優雅氣質的格調貴婦清純公主系少根筋美少女，哪來的壞蛋。「啊——真的好冷，來去喝杯咖啡好了。」

「唔哇哇！真的打算掉頭就走嗎？等一下，蠢蛋吉！我叫妳等一下啊！別走！別走嘛！救救我們啊————！」

掌中老虎終於拋開難為情、名聲和自尊，哽咽地發出SOS求救訊號。那隻囂張高傲的老虎對我說「救救我們」啊……哼哼。亞美忍不住發出冷笑。一開始老實坦白不就得了？亞美停下腳步準備轉身——

「模特兒川嶋亞美小——姐！川、嶋、亞、美小姐！妳準備對快凍死的朋友見死不救嗎！竜兒也快說！」

「漂亮，不愧是大河！川嶋杏奈的女兒亞——美——小——姐！妳就這麼眼睜睜坐視我們不管嗎！」

「喂喂喂給我等一下！住口，別再叫了！叫你們住口！」

亞美匆匆跑向他們。開什麼玩笑，今後我還打算背負這個名字闖蕩演藝圈至少六十年好嗎？怎麼可以在這裡留下詭異的流言！亞美半跑半滑地衝下河岸斜坡：

「你們搞什麼啊！亂吼亂叫什麼！居然連人家的名字都喊出來！你們是白痴嗎？為什麼不能用普通方法喊『救命』就好！」

「果然有聽到嘛！噫——快救我們！」

「救命啊——！」

近距離觀看這兩個人，愈益感覺可怕。從頭到腳濕漉漉、臉色發綠、嘴唇發黑，還是拚命往河岸的方向走近。亞美突然沒有力氣對他們多加抱怨：

「話說回來……你們怎麼會搞成這樣……？」

「該怎麼說……說來話長，一時之間解釋不清。啊、啊啊～！靴子掉了……！」

「川、川嶋，拜託，手借一下！河底太軟，很難走！」

「好。」

亞美站在岸邊的水泥塊上：

「唉呀——太可惜了，看起來構不到——」

亞美伸出手臂揮了幾下，其實一點也不打算幫忙。「妳這傢伙！」——聽到掌中老虎恨得牙癢癢的低吟，亞美哼了一聲：

「當然是開玩笑的。噫～～！好、冰～～！」

亞美抓住走在前面高須竜兒的手，以全身體重將他拉上來，接著兩人一起握住大河的小手。她的手冰冷到讓亞美忍不住發抖大叫，這真的不是在開玩笑。

「祐作和那個傢伙……櫛枝実乃梨馬上就來了。話說回來，你們兩個也太誇張了吧？臉色有點不對勁喔？」

「超超超超慘的呀！真真真真的，超超超超超、超嚴重的。」

「超超超、超嚴重的，我們會不會太太太笨了。」

「……真虧你們還能活著，身體很強壯嘛。」

看來現在不是詢問詳情的時候，總之亞美先把身上的防水外套脫下來，蓋在兩人頭上。滲入高領毛衣的冷空氣讓亞美冒出雞皮疙瘩，但是至少比全身溼透、快要凍壞的兩人好一點。不過——

「我好像快感冒了。」

看著在外套下身體靠在一起發抖的兩人，亞美差點說出：我可是一個人。她在千鈞一髮之際把話吞下去，發出「啊——啊——」的嘆息。結果最可憐的人還是我？雖然自己不想這麼想，可是——

「亞美美怎麼這麼可憐……我到底有多麼單純又親切啊……」

亞美也有自覺，只要有人有煩惱或是向她求助，她就無法真正見死不救。到頭來老是吃虧、倒楣，一點好處都沒有。接到青梅竹馬一通電話，就二話不說地出來、找到失蹤的人，結果連外套都借給他們，自己只得到冷得發抖的下場。亞美也很希望別人如此對待自己。

她真的很希望有個人能夠如此對待自己。

蠢斃了——亞美用伸手撫摸臉頰取代咬緊嘴唇的動作，像鴨子一樣噘起嘴唇，吞下想說的話，以甜美的聲音說道：

「一定是因為老天爺賜給我頂級美貌，所以我必須比其他人辛苦……噫～～～！」

「啊——蠢蛋吉好溫暖……」

肯定無人了解的無奈感慨一下子飛到九霄雲外，亞美被濕漉漉的掌中老虎緊緊抱住，繞到亞美背後的手甚至伸進毛衣底下。亞美因為那股冰冷而全身緊繃。

「真的好溫暖，蠢蛋吉是救命恩人……」

「喔～～～呀～～～～！」

大河趁著亞美動彈不得之際，更進一步將冰冷有如冰塊的手伸進亞美的貼身內搭T恤裡，然後在亞美背後磨蹭，於亞美不情願的情況下，直接奪走肌膚的熱度，害亞美尖聲叫出

某種貝類的名字。（註：「喔呀」的日文發音與「海鞘」相同。）

彷彿受到那聲慘叫召喚，「喔，在那邊！喂——！」亞美的青梅竹馬一面揮手一面走近，以穿著運動鞋的腳俐落滑下積雪的斜坡：

「妳剛才喊『海鞘』嗎？」

這是重點嗎！三個人一起吐嘈北村。跟著現身的人是——

「找到了找到了！各位！等、哇喔！」

櫛枝実乃梨。她想和北村一樣滑下斜坡，卻摔個屁股著地，順勢用屁股滑下堤防。看到她起身的動作，眾人還以為她要說什麼，沒想到竟然是——

「亞美剛剛喊了『海鞘』？」

才沒有！四個人一起吐嘈実乃梨。「抱歉，是我聽錯了！」実乃梨吐吐舌頭。

「話說回來，你們到底是怎麼了！」

実乃梨伸手指向濕答答兩人組。高須竜兒和老虎面面相覷，什麼話也說不出口，只是抖個不停，斷斷續續呼出白霧，一起低頭不知道該從哪裡說起。

「還有，妳是怎麼回事？」

「……什麼？」

發現実乃梨的手突然指向自己，沒有化妝的亞美看著她：

「妳的打扮啊!為什麼只穿一件上衣?」

「小小小、小実，蠢蠢蠢蠢蛋吉的外套、在這裡。她把外套借借借我們。對吧，蠢、蠢蠢蠢蠢蛋吉?」

亞美還來不及點頭——

「啊——啊——啊——!光看你們的樣子就覺得好冷!不要緊嗎?」

櫛枝実乃梨的雙手毫不猶豫地伸向亞美，摩擦她的手臂。亞美不由得脫口說出:「多事!」不過実乃梨沒有因此退縮。

「你們兩個先把濕外套脫掉吧。來，給我。」

「高須同學穿亞美的外套，大河穿我的。然後亞美，這個給妳!妳在擤鼻子了，快點穿上!」

実乃梨在只剩一件單薄毛衣的肩膀上，披上和披肩一樣寬的格子圍巾。亞美因為突如其來的溫暖而縮了一下脖子——

「那個給我。」

抱著兩人份濕上衣的青梅竹馬，伸手奪走肩膀上的圍巾:

「妳們一起披上這個吧，很冷喔。」

青梅竹馬脫下自己身上的短大衣外套代替圍巾。「謝啦~~!」櫛枝実乃梨接過外套，抓住亞美的手：

「靠過來！喂，過來！再靠近一點！」

「……」

実乃梨硬是把亞美拉過來。在沒有特別溫暖的羊毛大衣底下，亞美突然開口：

「熱水澡。」

她以輕咳的聲音掩飾哽咽，用一副若無其事的模樣說道：

「……你們不先洗個熱水澡，可能會冷死吧？」

2

直到蓮蓬頭的熱水從頭上淋下，全身凍僵的肌肉才得以恢復正常。竜兒以帶進浴室的浴巾仔細擦乾身體，嘆了一口氣。接下來才是重頭戲，眼前姑且只是解除性命危機。

「洗完澡了嗎？」更衣間傳來北村的聲音。「嗯。」如此回答的竜兒將浴巾圍在腰間，把頭露出浴室門外。

「雖然只是半乾，總之我先弄乾內褲與襪子。衣服……嗯……還……嗯～～嗯……」

北村以手心摸過竜兒攤在別人家中洗衣機上的牛仔褲，然後雙手抱胸低吟，偏著頭似乎無法接受。「這件好了。」他先把內褲遞給竜兒，拿起吹風機說道：

「還是再多弄一下好了。」

「夠了夠了，這樣就行，可以穿就好。」

謝了，感謝你幫我大忙。由衷感謝的竜兒低著頭，擺出相撲選手出場的姿勢，右手以手刀的形狀上下揮動。北村趁著竜兒借用浴室時，用吹風機幫竜兒把濕淋淋的衣服吹乾。明明他自己也是連件外套也沒穿地便走在雪中，同樣也是全身冷透，但是一直沒有休息。竜兒始終聽見吹風機的聲音。

浸過快要結冰的河水，衣服想必沒有那麼容易乾，不過接過的內褲確實如同北村所說，熱烘烘的已經乾了。

「唉……感覺總算鬆了一口氣。濕內褲一直貼在冰冷的屁股上，感覺真的很不舒服。」

在浴巾底下穿上內褲的竜兒點點頭。北村看著他的動作開口：

「你的穿法真像準備上游泳課的女生。」

說出這句奇妙的話，北村露出笑容打算一笑置之。

「什麼……咦……？」

稍微想了一下，竜兒忍不住張大眼睛。準備上游泳課的女生？我很喜歡喔，一粒一粒的口感真是叫人忍不住——才不是在想這種事，他只是瞬間覺得自己的好朋友很可怕。
「……你偷看過女生換衣服……？」
「你——在胡——思亂想什——麼！」
北村拿下因為濕氣而起霧的眼鏡擦拭，同時以詭異的音調回答：
「小學沒有更衣室，所以男女生一起在教室裡換衣服。」
「什、什麼嘛……害、害我瞬間真的被你嚇到。話說回來，你別一直盯著我看。我可不像你，被人看見裸體我會害羞。」
「我沒看我沒看。」
你看——我可沒在看。北村直挺挺站在竜兒眼前，故意扶著重新戴上的眼鏡，用力睜大眼鏡後頭的眼睛。「笨蛋！跟春田同等級！」竜兒也如此吐嘈。兩人開了一會兒玩笑之後。
「……逢坂不曉得換好衣服了嗎？」
「她……的頭髮又長又捲，應該沒那麼快。」
他們彷彿都在找尋適當時機，小心翼翼逼近核心。
雖然不可能看穿天花板，不過兩人一起沉默看向樓上。和竜兒同樣全身濕透的大河，此刻正在二樓借用亞美房間的浴室。
在下個不停的雪中，一行人逃進川嶋家裡。

這棟占地寬廣的兩層樓建築，貼著很有氣氛的磁磚。一樓住著亞美父親的哥哥與他的妻子，二樓則是改建成四間套房並排的公寓形式。亞美就是借用其中一間。公寓部分雖然獨立，但是大家會在一樓一起吃飯。根據亞美的說法，自己的房間就好像距離遠一點的小孩房。

一樓目前沒有其他人。亞美用鑰匙幫男生開門之後，就領著女生上二樓。竜兒向亞美表示借用浴室會被發現，但亞美只是簡單回應：「跟他們說是我用的就行了。毛巾之類的東西你可以自由取用。」

北村和竜兒兩人小心翼翼待在川嶋家客廳。他們希望自己不是這樣偷偷摸摸造訪，而是以亞美朋友的身分進來悠哉參觀。暖色系的燈光照射中間往上凹的天花板，花樣沙發上隨意放著抱枕、羊毛衣、雜誌等等，標示每個家人的固定位子，看起來相當舒適。四面八方都感覺得到帶著家中居民溫度的生活痕跡，超越美觀建築或優雅品味。

對於受到跟蹤狂騷擾而逃離老家的亞美來說，姑且不論本人是否留意，竜兒認為這個家不但為她提供容身之處，對她更是莫大的救贖。可是——

「……川嶋的伯伯一家回來看見我們在這裡，一定會認為我們是強盜雙人組，而且還光明正大地洗澡……」

踩在舒適的厚浴墊上，竜兒不安地左右張望。整齊擺放的乾淨毛巾、化妝品、刮鬍刀、牙刷和牙膏——這裡儘管舒服，但是自己畢竟正在逃亡，不宜在此久留。

彷彿是受到催促，竜兒也不管牛仔褲依然冰冷潮濕，直接拿起快速套上，然後穿上T恤和連帽上衣。現在的他還無法預測未來。

「總而言之今天晚上不用擔心。亞美說屋主剛出門值夜班。」

「夜班？他們是醫生嗎？」

竜兒的腦海裡一瞬間浮現母親晚上工作的臉。像是要揮去那個影像，他粗魯撥弄濕髮，必須快點吹乾。

「先生在大學附設醫院工作，太太則是看護，在另一個地方工作。亞美說他們在早上之前都不會回來，可以暫時放心。雖然姑且可以安心，不過……問題在我家。『那個人』到我家裡來了。」

北村再度拿下濛上一層霧的眼鏡，粗魯地用衣角擦拭鏡片。竜兒的指甲不停撥弄吹風機開關：

「……那個人，這種叫法聽起來好像有什麼內幕。」

「是有內幕啊。算是大魔王嗎？」

「出場方式也很嚇人。是搭保時捷？」

「沒錯，保時捷。而且該怎麼說，又是個孕婦。」

大河的母親來到北村家，北村對她說道：「我大概知道她會在什麼地方。我去帶她回來，您在這裡等我。」離開家門便聯絡亞美和実乃梨，三個人一起到處尋找竜兒與大河。

也就是說，大河的母親目前待在北村家。北村的手機接到數通家裡打來的電話。

「媽媽如果提到亞美，他們或許會找到這裡。不過……算了，到時候假裝不在家就好。」

北村瞇起沒戴眼鏡看起來更大的眼睛，對竜兒笑了。

「……真的很抱歉。」

直到現在竜兒才真正感覺到，自己雖然像個男人用力大喊：「我要戰鬥！我要逃跑！我喜歡大河！我、我、我！」結果卻是牽連周圍其他人，給朋友添麻煩，讓他們擔心之餘還要出力幫忙。

竜兒摩擦眼皮低下頭，深刻地體認現狀。自己終於和大河心意相通，但是這種沉醉在兩人世界裡的決心，如果少了他人的犧牲與協助就無法成立。在河邊看到亞美時，我喊了什麼？被拉上岸邊後，借用朋友的外套，最後還和大河一起躲到亞美家。

不對，如果沒有掉進河裡的意外——沒跌進河裡，情況就會不同嗎？我身上只有連搭公車都不夠的零錢。如果大河沒把錢弄丟——二四〇〇〇圓，我們能夠逃到哪裡、逃到幾時？頂多只能躲在寒酸的小旅館裡一個禮拜吧？我也不曉得哪裡有寒酸小旅館。可以確定會驚動警察。還有另一件不容動搖的事實——是朋友剛才到處尋找我們、擔心我們，為了我們在雪中來回奔走。

如果只有我們兩個人，就算繼續下去也是一樣沒用，必須接受幫助，所以現在才會被溫暖的熱水澡所救。

這樣好嗎？

真的只有這種方法嗎？

可是我也不知道該怎麼做。

「不應該是這樣。」

那麼你想怎麼樣？我給你機會，說吧。就算命運之神如此問我，我仍然答不出來。

「可是、可是、該怎麼說？真的……我和大河真的不希望事情變成這樣。」

「有什麼關係。」

北村用力搖頭：

「我也是有過染成金髮的時候……這並不是因為你曾經為我做過什麼，所以我回報你。當然我沒忘記你為我做的，但是我要說的不是那個。高須，我也有充分的『參戰』理由。」

朋友的話在飄著淡淡香草香氣的明亮更衣間裡響起。竜兒認為朋友說的是真心話。然而即使這是北村的真心想法，也不代表我和大河可以順理成章接受他們幫助，或是牽連他們。

總覺得有哪裡不對勁，喉嚨深處哽著一種不舒服，彷彿漫長延續的算式，從一開始就有錯誤卻沒發現，還在繼續計算下去。想將手指伸進喉嚨催吐，但是竜兒辦不到。

「從剛才稍微聽到的內容判斷，逢坂要被她母親帶走了吧？逢坂曾說過自己百般不願意卻被迫離開這裡、從我們面前消失。既然如此，這已經不只是你們的問題。逢坂也是我的朋友，這種時候我當然不能坐視不管。」

北村說得毫不猶豫：

「而且你也是我的朋友。不能看到彼此相愛的兩個朋友被拆散，所以我會伸出援手。」

沒有躊躇、毫不猶豫，也不誇張。

「你和逢坂總算、終於好好把話說明白了，對吧？」

竜兒誠實點頭回應。不管是否真的完全理解，他都想把此刻看見的全部心意，化為言語傳遞出去。

「……我不想和大河分開。」

竜兒撥開沾在濕冷臉頰的頭髮，拚命動著笨拙的嘴：

「因為我喜歡她。」

竜兒知道自己好不容易溫暖的指尖再度變冷，彎腰準備穿襪子。身體僵硬讓他站不穩，沒辦法一下子穿上。

北村也能理解吧。

大河喜歡北村的心意絕無虛假。而自己也希望大河和北村能夠順利──「不順利比較好」的想法，搞不好曾經在心中搆不到的地方強烈震盪，這一點也是毫無虛假。我對櫛枝実乃梨的心意當然同樣不假。這些不是錯誤，只是曾經全力活過、過往的瞬間。

這樣活下來，現在才能在這裡。不過到達這裡並非易事，往往會弄得腳步蹣跚、傷痕累累，彷彿一塊滿身瘡痍的破布。即使如此，仍然走過已逝的過去活下來。不光是自己，竜兒認為現在活著的每個人，都曾經為了「現在」殘破不堪，還是努力走了過來。

到了現在，自己在這裡喜歡大河。

「既然如此就別離開她。」

北村重新戴上眼鏡，以宏亮的聲音簡短有力地說道：

「我會全力支援你們。」

我們活在當下，擁有同樣的現在。北村的確是我的戰友，可是黑暗的不安此刻仍然席捲我的心。把朋友拉進自己的戰場真的好嗎？竜兒目前還是找不到答案。

「……不過我有點覺得……自己的作戰方式似乎錯了。」

「好好思考吧。我絕對站在你這邊。」

竜兒用吹風機吹乾頭髮這段期間，北村一直沉默等待。頭髮雖然乾了，映在鏡子裡的自己看來莫名緊繃，簡直就像怯生生的流氓──不對，是怯生生的小動物。

竜兒穿上濕透的運動鞋，用借來的鑰匙將一樓鎖上，兩人一起往二樓亞美的房間走去。

他們敲過門，聽到亞美的聲音：「門沒鎖，進來吧。」便進入房間。

「唉呀，這是岩石吧。根本不是食物的硬度。」

「妳放了什麼東西進去？什麼目的？目標是誰？」

「怪了……我明明只是把巧克力融化之後重新凝固而已……」

「真是奇蹟的化學變化。連可粉都感到驚訝吧。」

「這已經算是武器了。拿這個應該可以暗殺兩三個人。」

「奇怪，為什麼會變這樣……」

一進門就看見三個女生窩在暖桌的旁邊，將巧克力擺在桌上發出感慨。那是大河親手做給亞美的巧克力。竜兒也看到上面印著三個齒痕。

実乃梨轉頭看向竜兒和北村，皺起眉頭說道：

「這個真的很厲害。剛剛想說吃點甜的東西，一咬下去才發現沒人咬得動。令人發狂的強度，可謂狂度（註：日文的「強度」與「狂度」發音相同）。」

亞美接著說道：

「唔！高須同學都是河水臭味！那條河果然很髒～～！」

「很髒啊，白天看來就很渾濁。啊啊，我的二四〇〇〇圓沉下去了……」

大河穿著向亞美借來的成套可愛運動服，望著竜兒一臉正經：

「剛才要是再拚一點，搞不好可以撿到。」

「妳……說那是什麼話……再說為什麼只有妳借到漂亮衣服……！」

「唉呀，因為我想竜兒應該穿不下。」

「不用了！妳穿來的衣服呢？」

在那邊。大河連肩膀也縮進暖桌裡，用下巴指向房間角落。外套姑且用衣架晾起，但其他衣服則是濕淋淋塞在塑膠袋裡。

「喔喔喔……」

竜兒差點被怒濤一般的現實感受淹沒，思考像是被掃平、遭大力沖走，這股壓倒性的真實感是怎麼回事？無論自己如何煩惱、如何思考、隨波逐流，脫下的衣服正在一點一點腐爛，連這個瞬間也是。

「總之不要站著，進來暖桌吧。祐作也是。你們兩個應該可以擠一擠吧？」

亞美將暖桌空下來那邊的被子稍微拉起。

窗簾長度有些不夠，距離地面還有幾公分的縫隙。家具的大部分都是金屬鐵架。小電視、成堆雜誌、iPod專用喇叭、名牌包包等東西全部亂七八糟堆在鐵架上。因此亞美的房間充滿暫時居住的感覺。

「……沒有床鋪，妳睡哪裡？」

「打地鋪。暖桌拿出來時，睡鋪就收進櫥櫃裡。」

「也沒有書桌。」

「有啊，這個。」

亞美整個人縮在暖桌裡，用手心拍拍暖桌的桌面。

沒床、沒書桌，想不到這麼普通……竜兒環顧四坪大的套房，以奇妙的語調說著。亞美對他點頭說道：

「別擔心，我的老家可是時尚……話說回來，這傢伙睡著了。」

身旁的大河連腦袋都縮進暖桌裡，用頭頂著実乃梨的腰，縮成一團發出打呼聲。

「應該很累吧。就讓她睡一下。」

聽到北村的話，原本準備搖醒大河的亞美縮回手。所有人沉默了一會兒，聽著大河的聲音彷彿是在確認。接著実乃梨率先開口：

「那個，剛剛大河和我們聊天時，我沒有問她。」

她稍微壓低音量，一邊玩弄連帽上衣的繩子，一邊盯著暖桌上某人吃剩的橘子皮：

「就是，呃……大河和母親的情況很不妙吧？她討厭母親再婚的對象，也討厭母親……是這樣嗎？」

「那當然。」亞美斜眼看著実乃梨的側臉，代替大河回答：

「從父母離婚時她是跟著父親，就可以推知一二吧？一般說來，雖說雙方都有責任，不過女孩子通常跟著母親。既然她不是跟著母親──我說妳一直自稱她的好朋友，怎麼好像不是很了解老虎的情況？」

「我曾經和大河因為老頭……大河父親的事大吵一架。後來雖然重修舊好，不過家裡的事似乎成了不可觸碰的禁忌。」

竜兒突然想起一件詭異的事。大河在耶誕節發表好孩子宣言之後，曾經送給爸爸和再婚對象耶誕禮物，記得當時沒看到送給母親的禮物。至少大河所準備的東西裡，沒出現寫有類似母親名字的禮物。大河甚至不知道母親懷孕。還有──對了，在校慶遭到父親狠狠背叛時、和狩野菫打架而停學時，大河都未曾向母親求助。校外教學受傷時母親會現身，也不是她主動找來的。

竜兒不知道大河是不想向她求助，或者基於某些原因不願向她求助。總而言之，她們母女之間的裂縫，或許比想像中來得嚴重。

「不管怎麼說，老虎個人是因為不想離開高須同學而逃亡的，對吧？因為跟著母親，就必須和高須同學分開了……趁著這傢伙睡著我才說——」

亞美稍微看了一眼沒有動靜的大河後腦勺，刻意壓低聲音。她似乎有些猶豫，視線略過坐在正前方的竜兒下巴：

「高須同學想必已經有所覺悟，才會搞成現在這樣……我就打開天窗說亮話，我認為你們兩人準備要做的事太過不切實際。」

我要繼續和竜兒一起逃亡，然後和竜兒結婚。這樣一來，就不會有任何人反對我們在一起。就算我們還是小孩子，也無法將我們拆散——亞美似乎在回想大河說的話，大眼睛裡帶有情緒波動。竜兒看著亞美的表情，沒有開口的他心想：我就是最好的證明。

竜兒之所以存在這裡，正是因為泰子過去做出不切實際的事。泰子懷孕之後離家出走、生下小孩，十八年來與父母親切斷一切聯繫，獨自將竜兒撫養長大。因此竜兒能以自身的存在來證明即使是高中生，只要真心想逃，還是能夠成功。所以竜兒知道自己辦得到。

亞美當然不知道這些事，繼續說道：

「說起來就算真的私奔成功、結了婚，一定就是幸福快樂的結局嗎？高須同學和老虎決定兩個人一起生活固然好，不過該怎麼說，因為家長要拆散你們，因此你們打算逃到十八歲生日那天，取得結婚的正當性？得到權威人士的保證？認為這樣做家長就會放棄離開？鏘鏘！這樣？啊——啊——真是夠了，我已經搞不清楚自己在說什麼。總之你們抱怨大人、無視大人並且決定捨棄他們，這樣真的好嗎？話說回來，誇下海口說等我成為大人之後怎樣怎樣，然後再向大人、老虎的父母反擊，認為這樣就能解決事情……根本就是小鬼的做法吧？只要合自己的意就好？」

竜兒沒有回嘴，視線看向自己的指尖。亞美說得沒錯。

問題是竜兒不斷想起自己親眼所見的泰子生活方式。那就是範本，而且竜兒準備照著做。另一方面，他又同時覺得自己是泰子自私生活方式下的受害者。

泰子後悔自己做過的事，於是利用竜兒的人生打算挽回。竜兒心想，既然這樣，我要逃跑又有什麼不對？

我體貼配合每個人，壓抑自己的希望，認為只要按照周遭人們的期待行動就行了。可是周圍的大人只想隨著自己高興操縱我。發現這一點之後，我無法回應期待，當然也不想將一切一刀兩斷。但是既然我討厭周圍每個人為了自己而控制我，難道我不能堅持離開他們嗎？如果我不能帶著大河遠離周遭，過著只屬於我們的人生，我就沒有辦法擁有自己的人生，也無法成為大人。

接下來或許將演變成兩人休學，然後一邊工作一邊生活的狀況，也許再也不會和泰子見面。這雖然不是自己的希望，但是竜兒也不打算讓泰子撫養大河和自己。

「……高須和逢坂如果已經下定決心，並且決定貫徹到底，我會盡我的全力加以支援。

只要是幫得上的忙我都幫。」

北村離開擠到有些悶熱的暖桌，伸展背部坐在亞美的韻律球上。他和轉頭仰望的竜兒四目相接，不由得聳肩掩飾自己的害羞：

「聽到你說你們打算突破萬難結婚時，我真的好高興。這個做法的確不合規矩，世人來看也認為太早，但那又有什麼關係！」

不愧是北村，即使高舉雙手坐在韻律球上，仍然能夠保持平衡，毫不動搖。

「櫛枝不是說過自己的幸福要由自己決定？我也是同樣想法，我的幸福由我自己決定。高須和逢坂也要靠自己決定自己的幸福，然後緊緊抓住！我也一樣笨拙，但是再笨拙的傢伙總有一天必定能夠抓住幸福！不管過程有多麼手忙腳亂或是搞得亂七八糟都無所謂。有什麼關係！只要最後幸福就好！」

「雖然不是多數表決，不過——」亞美邊說邊豎起雙手食指：

「反對一票，贊成一票，我和祐作各一票，最後關鍵是妳。妳有什麼看法？」

実乃梨瞬間停下玩弄橘子皮的動作，低著頭對亞美的臉伸出手，彷彿在說等一下。另一隻手遮住自己低下的臉。

「櫛枝……」

竜兒忍不住湊近看著她，內心思考：在這種走投無路的狀況下，就連実乃梨也受到影響，說不出話來嗎？亞美也稍微噘起嘴巴，和竜兒一起彎腰望著実乃梨的臉。結果——

「……噗哈！」

「噗呼呼！」

兩人一起笑了出來。

「……對、對不起……有點太大……」

橘子塞在実乃梨的嘴巴裡，正好牢牢卡住張到最大的口腔，不留縫隙的緊密程度甚至讓她無法咀嚼。実乃梨一副很難受的樣子，橙色果汁流到下巴。「等一下、等一下。」她邊說邊拚命地想把橘子吞下去，彷彿嚥下整隻老鼠的蛇一樣硬是塞進喉嚨，然後終於——

「哇啊啊，嚇死我了……沒想到我的嘴巴比想像中來得小……」

喝了口茶、調整一下呼吸之後，実乃梨說出似乎早就決定好要說的話：

「我呢——」

看了睡著的大河一眼之後繼續說道：

「我認為大河的母親就這樣把她帶走非常不講理，我不認同也不想和大河分開，更不希望大河傷心，也不希望高須同學傷心。不希望，或者也可以說是我不認為這是正確的。這個世上沒有所謂『正確』的事，人類沒有資格決定自己做的事絕對正確或不正確。我只是選擇讓我最喜歡、最重要的大河和高須同學不會難過的方法。我贊成現在暫時逃走。」

「話是這麼說的嗎！」

亞美焦急地放大音量：

「如果老虎不在，我也會傷心啊！也希望想辦法啊！可是！你們真的覺得這樣好嗎？」

「我明白亞美想要表達什麼，不過亞美可能不知道，大河家的父母基本上是——」

垃圾。

——她八成想這麼說。竜兒看著実乃梨突然結巴的嘴巴，心裡冒出這個想法。不過在緊要關頭踩煞車，沒稱呼好朋友的父母親是「垃圾」或許是正確選擇。

大河不曉得在何時已經醒來，嬌小的肩膀從暖桌裡鑽出來，用手指梳了一下沾在臉上和肩膀的柔軟長髮：

「……小実，後面的話還是不要說比較好。」

大河和平常玩鬧時一樣，用頭磨蹭実乃梨的肩膀。実乃梨也以量體溫的動作，將自己的額頭貼近大河，一時之間雖然不甘願地咬住嘴唇，最後還是輕輕點頭說聲：「真的對不起。」

聲音雖小，但是竜兒也聽見了。

「我知道蠢蛋吉擔心我們。」

暖桌的熱度讓大河的臉變得通紅，眼眶也被染紅：

「再說，媽……臭老太婆……那個女人……媽媽是來幫我的，我也明白。我想她是打算盡她身為人母的責任。可是媽媽離婚時把我留下，自己跑去男人那裡，我實在忘不掉這件事。現在她肚子裡又有小孩，那是她自己選擇、所愛之人的小孩，而我是媽媽拋棄之人的小孩……無論如何，我無法奢望媽媽能夠如同期待一般愛我。雖然她是來幫我，可是只要我一有期待就會落空、就會事與願違，太常遇到這種情形，我都已經習慣了。我知道只要是自己想要的東西絕對無法得到。在某個角度上來說，我是一路接受這種教育長大。可是──」

與沉痛的發言相反，大河臉上帶有淺淺的笑容。然後她看看亞美、看看北村、看看実乃梨，最後與竜兒對上視線：

「……我喜歡上一個男生。他很溫柔，了解我，和他在一起很開心，我像中毒一樣不想離開他。他是有點怪的傢伙，但是我喜歡他的聲音、他的說話方式、他吃東西時張開嘴巴的樣子。喜歡他的手、他的手指、他的嘴唇……不過事實上這些事一點也不重要──」

竜兒撐著臉頰的手肘依照慣例滑開。「一點也不重要啊？」実乃梨小聲吐嘈。「不重要。」大河點頭回應。北村只是沉默不語，亞美則是皺著眉頭。

「我只想一直看著他，永遠記得他，永遠。事實上光是看到他就會怦然心動、心跳不已，但是我還是想看。光是靠近，腦袋就會變成一片空白……不知不覺變成這樣，自己也阻止不了，即使心裡告訴自己要停止、要停止、不能這樣，但是完全沒用……必須停止的原因，主要是因為那個男孩另有喜歡的女孩，而那個女孩也喜歡男孩。這一切雖然是事實，卻基於友情與信義等原因遭到遮蔽。而真正讓我挪開視線的原因，我想是因為我不能抱持期望，一旦期望一切就會全部毀壞。已經與竜兒不喜歡我，或是我不想嫉妒小実這些『現實』無關，只要我一有所期待、真心想要伸手抓住什麼的瞬間，就像魔法真的存在，全部都會破滅──這種想法雖然很蠢，但是我真的這麼認為。」

一口氣說完這些話，大河輕聲換氣：

「我現在仍然隱約有這種想法，不過已經停不下來。我是真心想抓住竜兒，或許逢坂家就是因為這樣才會毀滅吧。這一切都要怪我。」

「沒那種事！」

「怎麼可能有那種事！」

「哪有那種事！」

「妳是笨蛋嗎！」

四個人一起吐嘈，最後是由実乃梨的戳眼攻擊收尾。「啊……不小心戳太深了……對不起……怎麼辦……」大河按著雙眼趴在暖桌上：

「……這種小事怎麼樣都無所謂了。」

保持趴倒的姿勢，大河以含糊的聲音開口：

「我也要戰鬥。如果想要和竜兒在一起的想法會讓這個世界毀滅，無論到哪裡，就算離開這個世界，我也要生存下去，絕不認輸，不放棄竜兒。還有，我也不放棄小実、北村同學……以及蠢蛋吉，因為我喜歡你們，無論是多麼嚴重的毀滅、無論我在什麼地方，也不會忘記自己喜歡的人。」

竜兒凝視自己面前的髮旋，心裡想著該說些什麼。什麼樣的話能夠更有力量、更確實地傳達我的覺悟與想法給大河還有大家呢？

想了一下，竜兒半開玩笑地開口：

「……那麼妳……準備在世界的中心呼喊愛嗎……？」

高須……

高須同學……

高須同學……

你這傢伙……

感覺冷是因為下雪的關係？跌進河裡的關係？或是因為充滿這個房間的空氣溫度？教人忍不住環顧四周的冰冷沉默整整經過五秒——

「唔唔唔唔哇啊啊啊啊～～～～～～～～～噁心死啦啊啊～～～～」

「……有到哭出來的地步嗎……」

亞美刻意以吟詩般的語氣發出精彩長音之後掉下眼淚。斜眼看著她的竜兒認為只是平常那種厭惡又刻意的百分之百假哭，卻遭到亞美泛紅的眼睛瞪視：

「慘了，停不下來啦～～～～～呼啊～～媽～～～～～媽……」

「……有這麼誇張嗎……」

這下子知道比起之前說過的壞話、毒舌言語，到頭來還是簡單的冷笑話攻擊最有效。亞美起身說道：

「這個給你，快走吧～～～～～～～～」

「喔……！」

亞美從鐵架上的ＬＶ鑰匙包上拆下一把鑰匙拋給竜兒，竜兒勉強接過一看，那把老舊泛黃的鑰匙似曾相識。

「……這該不會是、別墅的？」

「對。」

亞美擤過鼻子，嘆了口氣，輕輕擦去臉頰的淚水，像是在避免摩擦肌膚：

「有電，不過沒瓦斯。打開水錶箱的開關就有水。不過用了之後多少會留下證據。」

竜兒看著大河的臉，大河也猶豫地看著竜兒，兩人舉棋不定——

「……我們不能這樣。麻煩妳到這種地步，實在是說不過去——」

「不然你們打算怎麼辦？現在不是客氣的時候。」

竜兒打算把鑰匙還給亞美，但是亞美卻把手伸到背後，不肯收下：

「你們兩個不是決定私奔了？既然如此，哪管難看、給人添麻煩，都應該不顧一切逃走啊！我又沒叫你們住一輩子！打工也需要住的地方吧！如果你們不打算去也沒關係，總之為了保險起見，先把鑰匙帶著吧！」

——這件事如果曝光，亞美會遭到怎樣的責罵？

思考所有可能性之後，竜兒無法將那把鑰匙收進口袋，只能像個電池用盡的機器人停止動作。警察找上門之後，一旦知道是亞美提供躲藏的地方，她八成會受到與離家出走的我們相同……搞不好會受到比我們更嚴厲的懲罰，甚至被當成教唆者。

亞美已經有所覺悟了嗎？亞美這傢伙，熱烈撼動心靈的「情感」力量總是這麼驚人。

可是這樣真的好嗎？

「有什麼關係！」

真的好嗎？

「呃……『至少傳個簡訊回家吧。我很擔心。』我媽媽傳來的。今晚差不多該就此告一段落了。他們說不定會到這裡。你們要直接離開嗎？」

「……即使要去亞美家的別墅，恐怕已經趕不上電車。暑假去的時候我就查過時刻表，如果沒記錯，晚上很早就沒車了。若是直接從這裡出發……」

「我和竜兒都沒錢。」

「我借你們。啊、不過恐怕真的沒車了。等我一下，我記得可以用手機查時刻表。」

「……不，沒關係，不用查了。」

竜兒對拿出手機的亞美如此說道，然後看向大河：

「大河，我們先各自回家一趟。我回家拿錢。妳明天想辦法來學校。拜託母親至少讓妳在最後能到班上露個臉，可以嗎？」

「……我不確定。媽媽本來還說退學申請書只要用郵寄的就可以，不過……如果我跟她說想直接交給班導，或許可行……你打算怎麼對泰泰說？」

大河面前的竜兒頓時語塞。回家之後泰子在家吧？聽說只有大河的母親待在北村家裡，所以泰子應該和竜兒吵架之後便一個人回家。可能去上班了。

「……我想她應該去上班了。不過——」

如果她在家——怎麼辦？該說什麼？總不能什麼都不交待，明天直接從學校消失吧。

「你一定要為剛剛說的話好好道歉，一筆勾銷才行。然後向泰泰說明我們的事，取得她的諒解。泰泰一定能夠理解，她會站在我們這邊。」

她不會懂，也不可能站在我們這邊。竜兒心裡雖然這麼想，但是沒有告訴大河，只是偏著頭含糊帶過。泰子的自私便是要對抗的敵人，甚至已經到了只有逃走的地步。竜兒必須為此一戰，只有盡可能試著讓一切順利。

有時會面臨催促，但也只有掙扎前進。

眾人一起走出門外，發現雪已經停了。

柏油路面上的透明積雪頂多一兩公分，只要氣溫稍微上升，或是用鞋子一踩，馬上就會融化。

所有人立刻注意到距離亞美家幾步，十字路口的黑色保時捷。低底盤的獨特造型跑車滑過眾人身邊停在路邊，大河的母親沒把引擎熄火，便下車走近大河……

「JUICY COUTURE.」

她抓住亞美借給大河的連帽上衣後領，看了看標籤。她的眼神總是讓人覺得冷漠，或許是因為那雙眼睛在夜裡看來也是淺灰色的關係。

「川嶋同學是哪位？是妳嗎？」

她的視線看過竜兒、北村、実乃梨之後，停在亞美臉上……

「這件衣服不便宜。我付錢給妳。」

「咦？呃，沒關係！請不用放在心上～～！」

亞美以平常的做作女風格揮揮手，但是大河母親從小型手拿包裡掏出錢包的手勢毫不遲疑，讓人聯想到跑車的流線外型與強硬作風。

「這樣夠不夠？」

「呃，其實那不是我……應該說是父母買給我的——」

「那麼請把錢交給妳的父母親。」

亞美手上拿著五〇〇〇〇圓。竜兒也不曉得那個金額適不適當，但是看樣子她打算用這筆錢買下這件衣服。她打算將大河的痕跡全部抹去。

竜兒忍不住想到清除廢棄巢穴四周幼狐痕跡的母狐狸，牠以尖銳的爪子消除痕跡，又拍又踢避免留下氣味。

「走吧。」

大河不安地再次回頭。

看看北村——他的身分支持大河的每一天，是大河憧憬的對象。大河看著他的臉。

看看亞美——互相對抗、互相爭辯、互相動口又動手，但是一回神才發現她們已經變成好朋友。大河看著她的臉。

看看実乃梨——她最喜歡的朋友。

接著大河看向這個世界上唯一的戀人。

「保──保重了。」

竜兒聽見大河的話，忍不住輕輕發抖。如果這次真是永別，那該怎麼辦？「喔。」竜兒一邊揮手回答，同時克制自己飛奔過去的衝動。

知道這是演戲、是一時的別離，但是反而讓他感到害怕。如果這次真是永別，那該怎麼辦？「喔。」竜兒一邊揮手回答，同時克制自己飛奔過去的衝動。

追上去比較好嗎？如果現在讓她走，會不會真的變成最後一面？既然如此，是不是現在立刻抓住她的手逃走比較好？

可是車子彷彿切斷他此刻的猶豫，發出高亢的關門聲。透過充滿霧氣的車窗無法窺見車內情況，大河就這樣與母親搭著車子離開，就算想追也追不上。

実乃梨也差點飛奔出去，但是她和身旁同樣蓄勢待發的竜兒感覺到彼此的呼吸、互相牽制，兩個人拚命忍住。

「應該……不要緊吧……」

北村喃喃說出這幾個字。

「一定不要緊的。因為老虎看起來雖然走了，其實她還在這裡。」

聽到亞美的話，実乃梨也點頭同意。

＊＊＊

少了雙鞋的玄關、無人在家的寒冷與黑暗、關起的窗簾、竄上腳底的冰冷安靜——這些都是泰子外出工作時，家裡理所當然的景象。踏入寒意刺骨，因為外頭下雪而感覺潮濕的黑暗，竜兒緩緩轉頭看向四周。

一開始發現不對勁，是他注意到鳥籠不在原本應該的位置。

他看過自己房間，也看了泰子房間，確定鳥籠的確消失。竜兒甚至忘了換下濕答答的衣服，在２ＤＫ的家裡來回走動。心中決定與其繼續煩惱，不如直接詢問，於是打電話到店裡。當他表明自己是泰子的兒子時，聽到對方反問：「媽媽身體要不要緊？她會休息到什麼時候？」竜兒才知道泰子沒去上班。直到放下電話打算去問房東，才注意到放置在矮飯桌正中央的東西。有著松鼠標誌的通訊行便條紙上寫著一個住址。

上面寫著最近的車站，也寫有電話。旁邊是耶誕舞會時戴過的手錶。

「……」

竜兒喉嚨發出奇異的聲音。

還來不及想這是什麼，他便已經明白。原本還在思考自己離家出走，拋棄泰子獨立生活，這樣真的好嗎？真的是大人的做法嗎？可是要對抗大人，唯有這個辦法，所以還是必須捨棄家人，和大河……可是……沒有什麼可是，根本不需要煩惱。

因為被捨棄的人是我。

這次泰子回到自己捨棄的娘家，捨棄了竜兒。

「啊。」

沒有感想，只有一片空白的腦袋。怎麼會有這麼蠢的母子？

我們母子還真像，一旦被追得窮途末路就想要丟下對方逃走，這點實在很像。該不會是看誰先拋棄誰、誰先逃跑誰贏、誰被拋棄誰輸吧？真沒想到她會立刻變臉，趁著今晚帶著家中寵物小鸚一起走。原來我才是輸家。

竜兒跪了下來──應該說沒有必要繼續站著。等竜兒注意到時，自己已經跌坐在榻榻米上。他逐漸弄不清楚自己在看、在聽、在做、在想什麼，試著呼吸幾次。長長呼出的氣息細微顫抖，變得斷斷續續。

又要從這裡開始嗎？

他也不曉得自己從哪裡想到這句話。「又要從這裡開始嗎？」只是不斷重複。「又要從這裡開始嗎？」他甚至忘了眨眼，或許連站都站不起來。他已經累到極點、渾身無力。明明如此，又要從這裡──脊髓彷彿一節一節遭到擊碎，「喀嚓、喀嚓！」逐漸崩塌，就連指尖都動彈不得。

又要將一切打碎，從屈膝開始嗎？

要重複幾次才夠？

滴答、滴答——竜兒這才注意到手錶發出的微弱聲音。秒針每動一下，就會發出輕巧的聲音——「……哇、啊啊啊、啊啊啊啊啊啊啊啊啊啊啊啊啊！」

驚人的氣勢因為他撞到紙拉門而停止。

「又要從這裡開始了嗎！」

竜兒趁勢翻倒矮飯桌，轉身抓著腳跪在地上，以全身的力量碰撞牆壁、雙手敲打榻榻米、抱著頭、揪著臉，附近沒有其他東西可打，只好毆打自己的大腿：

「為什麼別開玩笑了別開玩笑了別開玩笑了！別、鬧、了！又要、從、這種事、做起了嗎！還要……繼續下去嗎……？」

竜兒扭動身體發出尖銳的叫聲，抓住自己的身體。到底要經過多少次這樣的夜晚、這樣彷彿遭到撕碎的痛哭夜晚，才能抵達終點？這樣傷痕累累的局面，到底能不能夠結束？

「大河……大河！大河——————！」

竜兒放開喉嚨像個嬰兒一樣哭喊。過來！拜託妳過來我身邊！竜兒不斷重複傳達不了的吶喊，倒在榻榻米上。

——這就是大河說的「大毀滅」嗎？

只要想得到什麼，就會失去什麼；只要奢望，就會摧毀一切。是這樣嗎？我雖然被母親拋棄，但是我原本就沒資格受傷，因為本來是我打算拋棄母親逃走。

沒錯，結果只是自己希望的事實現了。這不正是我原本希望的？

竜兒拚命抬起扭曲的臉，環視寂靜無聲的客廳慘狀。他要親眼看看願望實現之後的結果。矮飯桌的桌腳撞到紙拉門，把門弄歪了。除此之外——

「……啊……啊啊……！」

看到門上有一個被手錶打穿的洞。

「……大河……！」

竜兒再一次呼喚這個名字，把臉埋進雙腿的膝蓋之間。這是自己造成的。竜兒放聲大哭。手錶打穿的地方，正是大河在春天第一次襲擊這個家時弄出來的洞。洞上用給北村的情書信封剪出的花瓣形狀貼上，原本寒酸的紙拉門因為那抹櫻色變得莫名優雅，和這間老舊租屋十分搭調，竜兒非常喜歡，所以即使後來有無數次換紙的機會，竜兒總是會找藉口維持現狀。沒想到現在會被手錶打穿一個洞。

這樣一來，大河存在的痕跡又少了一個。

會不會愈喊她的名字，她就離我愈遠？

我不要。竜兒拚命在腦海中描繪、想像自己牽著大河的小手，兩個人一起跑向某處。跑著跑著，身後的地面不斷碎裂坍塌，逼得他們不得不繼續逃跑——結果就連想像的世界也逐漸崩塌嗎？

喊到喉嚨沙啞，竜兒咳個不停。

如果這就是因果報應，真是報應得夠徹底啊，真的……在竜兒疲倦到關閉電源的大腦角落有了這個想法。

捨棄父母的泰子在此捨棄竜兒。因為若是不這麼做，竜兒便會捨棄泰子。竜兒的小孩一定也會捨棄竜兒吧。若非如此，就是竜兒捨棄小孩。而那個孩子也會捨棄父母、捨棄孩子，或是被孩子捨棄。

既然我是這樣活下來，或許就該面對這樣的命運。大河也被父母親捨棄，於是她捨棄父母、捨棄孩子，或是被孩子捨棄。羈絆總是這樣切斷，與情愛無關，只是連鎖效應不斷持續，捨棄人的一方被捨棄，被捨棄的一方捨棄人——就是這種模式。

因為我們不知道世代羈絆連繫的方法。

於是竜兒慢慢發現。自己原本打算拋棄泰子，卻早先一步遭到拋棄，原來被留下來沒有想像中的悲傷。看得見的，是悲傷。不只是此刻現在的悲傷，還有過去與未來，能夠看到這股悲傷即將連綿不絕持續下去，這一點才教人悲傷。

竜兒也看見與大河一起逃走的結局，那裡也有悲傷存在。

與自己一起私奔的未來，大河會悲傷。然後她一定會懷疑這真的是自己想要的嗎？於是在她強力主張自己沒有放棄，但卻放棄與父母的羈絆之後，大河的雙眼最後看到的是悲傷。

原來如此。竜兒一個人獨自落淚。沒有任何人看見，只是任由淚水繼續沾濕雙頰，已經到了無力拭淚的地步。

大河因為害怕一切崩解、為了守住對我的愛，而選擇割捨對父母的愛，將之當成祭品奉獻出去，選擇對高須竜兒的愛。我不清楚大河是否有意這麼做，不過……原來如此。

我要把大河帶到哪裡去？想讓她看見什麼？對於抛開一切之後得到的人生，我們究竟想要什麼樣的終點？

根本沒有毀滅這回事！期望不是壞事！竜兒很想這麼說，但是竜兒自己就像揮舞鐮刀破壞世界的死神。而且說不定就連為了我們粉身碎骨的朋友，也會成為毀滅的一部分。

被捲入這場騷動，出力協助竜兒與大河私奔，這些朋友說出「只要你們能夠幸福，我什麼都願意做」的同時，也不知不覺把自己擺進悲傷的連鎖之中。

不能害他們受到牽連，所以我不能這麼做。我是愚蠢到不知道自己能耐的小鬼，我是只有外表長大的半吊子，我真的有能力就這樣帶著大河離開、消失嗎？我也害怕自身的愚昧。

「……我果然……做錯了嗎……」

竜兒詢問的對象是大河。

他覺得此刻的自己有如沉在水底——原來我一直待在這種地方。一直長眠於這個比凍結的冰河更深、光線照射不到的黑暗之下嗎？不過這裡很安全。用身體保護著頭縮成一團，竜兒一直沉在這裡。感覺總算、總算在剛才吐出一口氣。

大河。

呼喚那個人的聲音與氣泡一同浮起。眼皮彷彿堅硬的鱗片，為了追逐氣泡而睜開，沉重的腦袋終於能夠抬起。伸手扶著榻榻米起身，竜兒從長眠之中醒來，以四肢的爪子抓住水底，扭動自己也不知道有多大的巨軀。

睜開射出強光的雙眼，龍之子小心翼翼往上浮。

撥動沉重的水、搖擺尾巴，追逐自己吐出的氣泡，一點一滴提升速度。

（上升、上升、再快一點。）

在2DK的客廳裡、自己發狂打翻的矮飯桌前，竜兒拭去淚水，單膝跪地緩緩起身。他移動雙腿走向盥洗室，用足以讓人凍僵的冰水洗臉，然後拿起毛巾擦拭，脫去發出異臭的衣服放入洗衣籃。

脫掉內衣褲，換上乾淨的家居服。竜兒以充滿殺氣的眼神瞪視鏡中通紅的臉。

（——必須更快一點浮上水面。）

躍然而上的身體拱起水面，濺起白色的泡沫，分開的海面立著轟然的水柱。巨大影子在海上延伸，飛沫化成豪雨落下，海嘯削開大陸，誕生許多新的島嶼。接著他以四肢奔向天空，一口氣貫穿白雲。吞下雷電的他甚至學會如何飛翔。

這個世上有想見的東西，於是他開始尋找。此刻竜兒的想像力已經能夠躍上平流層。

（吃飯。先吃飯再說。該去哪裡？去哪裡才好？有大天窗的大理石房間，裡面掛著紅色窗簾，房內還有暖爐……不，要能夠看到東京鐵塔的夜景……或是彩虹大橋的夜景比較好？像寶石一樣閃閃發光，一定很美。在星空底下也不賴。乾脆去月球、火星、木星……還是地球好。我想看到彩虹……有大瀑布的水花飛濺，就能夠製造彩虹。天空是……我喜歡夕陽西下的天空。）

嘿咻——竜兒用力將弄翻的矮飯桌扶正抱起，避免摩擦榻榻米，將它輕輕搬回原本的位置。座墊也放回各自的位置，依序是我的、泰子的、大河的。然後配合桌子角度將電視遙控器擺在右邊。

（紅色的夕陽。太陽是金色，灰色雲端有如燃燒一般發光。那朵雲的底下正在下雨。把一張大、超大的餐桌擺在……海邊的……不，好，還是黃昏時刻的熱帶大草原正中央。遠處有瀑布和彩虹，犀牛和長頸鹿慢慢走過。）

竜兒的手用力左右擺動，將矮飯桌擦亮。

（桌布一定要純白色。）

攤開包袱，竜兒看見熱帶草原的熱風吹漲桌布。草原海洋的波浪層層相連直到天邊。遠處傳來野獸的叫聲，鳥類振翅——竜兒總是在電視櫃備有數根高須棒，方便隨時想要清理時取用。他從筆筒裡拿出一根劃過電視下方，那裡經常有被靜電吸引的細小灰塵。竜兒笑了。

（餐前酒，先端出甜水果酒。梅酒……太普通了。草莓酒或無花果酒比較好。用可以看見紅色夕陽的透明小玻璃杯飲用。）

竜兒就這樣蹲在電視櫃旁邊，眼睛有如老練的獵人閃閃發光。他的目標是電視後面電線交纏的插頭四周。無論竜兒怎麼注意，不知打從哪來的塵埃總是馬上讓那裡變得一片白。

喝喝喝——竜兒露出門牙，以高須棒較細的那頭來回戳刺。首先把眼睛看得見的灰塵簡單去除，不過關鍵要看接下來的動作。先把插頭全部小心拔下來拉出，「喔！」不禁發出叫聲。隱藏其中的灰塵紛紛掉落，他趕緊用抹布快速擦去。

（接著是湯、前菜……等等，不能一個人一個人服務喔？）

在大家還沒坐上大草原的餐桌前，一切都無法開始。

大河一定會嘟嘴抱怨有蚊子、有動物的氣味：「那邊好像有什麼動物大便！真是看不下去！竜兒！讓時光倒轉，在我看到它之前收拾！」她旁邊的実乃梨則是會說：「牠們是動物嘛，有大便也是很正常的。」……看到站著忙東忙西的竜兒，她會離座幫忙。至於亞美——「唉呀呀，実乃梨好、體、貼～～♡你們兩個感覺很可疑耶？」她將香奈兒包包擺在大腿上，漂亮的臉蛋帶有壞心的表情。「趕上了！抱歉，我遲到了！學生會的工作太忙！啊！」……急急忙忙趕來很有誠意，可是北村不要脫衣服啊！餐桌還有空位。「櫛枝～～等一下吃大便時，不要咖哩～～咖哩～～亂喊喔！」看來春田想吃咖哩。能登則是有點幾分靜不下心。啊啊，原來如此。他在意坐在亞美旁邊聊天的香椎和木原。主動找她們說話就好了吧。

「……唔喔。喔、喔、喔……唔哇哇……」

插頭的金屬片之間也卡有灰塵。聽說只要靜電發出的火花引燃灰塵，就會釀成火災。竜兒巧妙操縱握短的高須棒，盤坐在地仔細打掃，連小地方也不放過。

吹過大草原的風撫過腦後的頭髮。轉頭發現2DK的屋裡出現無邊無際的草原。

法國菜？義大利菜？中國菜？乾脆吃日本料理吧。端出一大鍋的煮芋頭，說不定大家會很興奮。一整排的蒸籠不斷冒著水蒸氣，拚命蒸熱小點心。裡面有肉丸子的義大利麵，加上滿滿起司的焗烤。煮得很乾的海鮮雜燴湯。大碗裡裝有滿到快掉出來的巴伐利亞布丁。裝飾著含羞草的蛋糕塔。也煮了白飯，因為再怎麼說還是少不了咖哩。春田鼓掌歡迎咖哩進場。

巨大餐桌旁有狩野堇的身影，北村起身準備幫她拿看起來很沉重的行李箱。戀窪老師也在同學的鼓譟下盛裝前來。小鸚也乖乖待在盤子邊，還有房東也來了。泰子當然也在。假裝搭乘進口車的逢坂陸郎徒步前來，不曾見面的夕也和他在一起。大河的母親、再婚對象，還有已經出生的健康寶寶也在場。泰子的父母也來了。還有腹部塞著雜誌、戴著金光閃閃勞力士手錶的竜兒父親也來了。過去分開無法再見、未來將會遇見的人們全都來了。

大家都圍在竜兒的餐桌旁邊。

所有人開懷大笑。因為大家都在，最疼愛的大河才能夠在竜兒的世界中心大笑。大河笑了，竜兒才能比任何人都要放聲歡笑。

大河喜歡的人們一個也沒少，都在這個世界笑著。非得這樣才行。希望和大河一起度過的明天是這個模樣。竜兒的期望只有這麼一個。

「……好！」

插頭周圍全都清理乾淨，竜兒伸手將抹布翻面，跪在地上用力擦拭電視櫃。走進盥洗室、洗淨抹布擰乾之後，開始擦起洗臉台。然後跪下擦地板，再一次清洗抹布。

「上吧！」

竜兒趴在小得可憐的木板走廊上，雙手推著抹布準備擦地。「預備——」屏息，「出發！」開始擦地板。他以沒穿鞋的腳一口氣擦到廚房角落，用手仔細擦過牆邊。轉過方向往回擦，一直線擦到玄關。

全部都是我的期望。

作夢有什麼不對？懷抱希望有罪嗎？

少一個人都不行。不放棄。大毀滅絕對、絕對不會來。我也想讓大河看見自己飛向天際時看到的世界。不過要做到這點，或許——

「……米……」

竜兒撿起膝蓋壓到的米粒，用力咬緊嘴唇。這裡所有的痛苦與傷悲，都必須由竜兒自己吸收。現在不是退縮的時候。

以毫不猶豫的眼神看往前方。如果能夠不客氣地把自己比喻為飛向天際的龍，那就再也沒什麼事情好害怕。

3

鎮上的路樹腳下還有一點積雪，但是已被一起上學的小學生玩得沾上泥土、快要融化殆盡。位在大河家大樓入口大廳的樹叢下方，也由大到小，排著很難用「漂亮」來形容的雪球。竜兒看著那顆小雪球，嘴角浮現一抹笑容——不過本人是想噗哧一笑。那顆小雪球與其說是雪球，其實只有蠶豆大小。

是昨夜下過雪的關係嗎？今天早晨的冰冷空氣感覺比平常更潔淨。

小孩子搆不著的屋頂與紅綠燈上方，仍然戴著雪白帽子，不過在晴天太陽的照射下，看樣子也撐不了多久。那些雪從邊緣開始融化，落下大顆水滴，在柏油路面化成水灘。

竜兒避開水灘，大步走在櫸木林蔭道下，終於在十字路口角落看見對自己揮手的人影。

「高——須——同——學。早、歐斯曼——」

「三光。」（註：歐斯曼三光，Ousmane Youla Sankhon。出身肯亞，在日本活躍的藝人）

竜兒輕輕舉手正經回答，感覺背後的國中女生說聲：「好冷！」只見她超越竜兒、看向竜兒的臉之後，便以同手同腳的動作加快速度離去。実乃梨一如往常站在十字路口，一如往常因為寒冷而凍紅臉頰。她圍著格子圍巾，雙手插在大衣口袋裡，肩上掛著運動背包。

「……大河果然沒來嗎？我還以為在這裡等她，或許她就會和往常一樣出現。」

実乃梨下巴附近的頭髮被風吹散，耀眼到讓竜兒瞇起眼睛。

「她沒回去嗎？」

「沒有。我也有些期待，所以等到三點還沒睡……只是希望落空了。」

也是。実乃梨呼出一口白色氣息。

「我相信她會來學校……否則就麻煩了。」

「是啊。對了，你到三點為止都在幹什麼？」

「整理房間、清理廚房排水溝、把鍋子刷亮。」

「喔喔……這是怎麼……」

「然後吃飯。本來想吃大河給的巧克力，不過還是放棄了。」

「啊，我也放棄了。牙齒好像會斷。」

「我最後是用牛奶融化，做成熱可可喝掉。」

「喔！真是個好主意！我也來試試！用牛奶嗎？能融開嗎？」

「撈掉浮起的一層不可思議的油，接著我就失去意識……」

「……大河到底給我們吃什麼？」

兩人有默契地看著綠燈變成紅燈。等到下一個綠燈，什麼都沒說的兩人一起邁步向前。

真冷啊，不過天氣好好。在幾公尺的距離只是出聲閒聊，然後——

「……確定要逃嗎？」

「確定。」

「要去哪裡？亞美家的別墅？不會兩個人一起消失吧？」

「說那什麼話，居然擔心這種事？我那麼不值得信賴嗎？」

兩個人四目相對，実乃梨有些慌張地激動揮手大喊：

「不是不是，不是那個意思。因為我擔心嘛——！」

「……明明就是。」

実乃梨還在擔心竜兒與大河私奔的結果。「我雖然相信高須同學，還是不安到看了好幾遍《風與木之詩》（註：《風と木の詩》，竹宮惠子的少女漫畫作品）！」——竜兒也認為実乃梨的擔心是理所當然。倘若自己站在她的立場，也許會比実乃梨更雞婆、更加不安，甚至忍不住插手吧。雖然他沒看過《風與木之詩》。

「既然你沒看過，我也不再多說。不過很慘喔！不然那個『高校教師』（註：日本連續劇，劇本為野島伸司撰寫）也行，試著回想一下！我昨天整晚睡不著，真的胡思亂想了很多事情。想起亞美說的話、北村說的話、大河說的話、我自己說的話。想了很多很多……」

「我說的話呢？」

「太冷所以忘記了……話說回來，那是什麼？在世界的中心呼喊愛……？害我又想起來了。連亞美都哭了。」

彷彿背著沉重行李，彎腰的実乃梨以一半開玩笑，一半認真的態度，將嘴巴噘成ㄟ字型低下頭看著自己的腳尖，眼睛稍微上抬，不發一語思考。

竜兒稍微猶豫了一下，從她背後——

「喔，『小実』。」

用力以書包角落撞擊実乃梨的背。書包晃得比想像中厲害，發出沉重的聲音撞向大衣。

「唔喔……！」

或許是不甘心自己因此腳步不穩，身高較矮的実乃梨轉身露出彷彿被怨念火焰熔化的蠟燭一般可怕的臉。在多年前十二月的下雪日子裡，遭到斬殺的吉良上野介也是以這張表情呻吟吧。（註：吉良上野介，日本傳統戲劇「忠臣藏」裡赤穗浪人討伐的對象）

「妳的臉超恐怖的……」

竜兒忍不住說出真心話。実乃梨轉身大叫：「怎麼樣！」

「不過妳和我約好會繼續勇往直前，我也保證會繼續相信妳。所以妳會勇往直前吧，小実……櫛枝。」

「……大概吧。」

「既然如此，就不要停下來思考，向前走吧。走向下一個階段，往前走這件事永遠教人害怕，但是一旦決定前進，就別反悔。這是妳教我的。」

「做好決定了嗎？你也是嗎？」

「我決定了。決定逃走，然後回來。」

「……大河呢？」

「大河也一樣。她一定會回來這裡，回到這個我和妳還有大家都在的地方。為此我們必須逃走。」

竜兒的手指畫了一個大圓之後指著兩人腳下。実乃梨像貓一樣，腦袋跟著手指繞了一圈，嘴裡說句：「這樣啊。」接著她抬起頭，總算露出今天第一個耀眼笑容。在早晨強烈的光線下，睜大的眼睛比太陽更加強烈、更要閃亮發光。她用力伸展軀體，彷彿是在暖身。

「好，快遲到了！用跑的！」

「喔？等、等我一下！」

実乃梨以跳躍的步伐大步跑在平常上學的路上。竜兒也連忙追上。一下子突然全速奔跑，對於睡眠不足的竜兒來說有些痛苦，不過氣喘吁吁吸進肺裡的冰冷空氣，反倒讓他覺得很舒暢。

「啊——櫛枝學姊！早！」身穿同樣制服的少女對実乃梨露出笑容。「早！」実乃梨舉起右手簡短回應。「你們真有精神啊。」騎著腳踏車經過的同學笑著說道。「很好！」「很好！」兩人一起模仿大河昨天說過、超越流行成為固定用法的語氣回答。

「喂——高須！太快了，稍微等一下，太快了！」

大力揮手跑近的人是能登。喲！竜兒稍微放慢速度，與能登並肩。

「老虎呢？今天沒有一起來？」

「大河有事沒能一起來。可能已經先到了。」

「太、太好了……那個——那個，就是那個……」

能登一手按住眼鏡避免滑落，一邊和竜兒並肩奔跑，同時有些結巴（一點也不可愛）。

「……高須有沒有從大師那裡聽到什麼？」

「什麼？」

「……有沒有聽他說昨天收到巧克力之類的？」

「誰給的？」

「……算、算了！哼（真的不可愛）！」

「抱歉抱歉，我是開玩笑的。其實我知道你在說什麼。」竜兒追上氣呼呼跑開的朋友，兩人正好來到校門——

「啊！發現叛徒！」

「嗯～～？還在想是哪裡來的小兵，原來是小登登、小高高和櫛枝～～早～啊～！」

春田一如往常的蠢蛋打扮，硬是把灰色連帽上衣的帽子塞在立領學生服裡，冬天的空氣讓他的長髮乾澀。一大早第一件事就是擺出芭蕾的阿拉貝斯克舞姿（註：身體往前挺，一隻腳往後擺，雙手前後平伸的動作）。但是能登雙手抱胸、雙腿併攏跳到旁邊代表「拒絕」之意，以扭曲的個性發出低聲呻吟：「叛～～徒～～！」

「咦～～！別那樣說嘛！我又沒有特別隱瞞～～！」

「啐！可惡的淫蕩貴族！你就和頭髮中分的女朋友一起建立赤裸慾望原形畢露的黏膜巴別塔吧！總有一天神之鐵鎚會制裁你……！」

「小登登～！等一下～！相信我～我可是清白的～！還沒有赤裸慾望原形畢露～我們目前什麼事都沒發生～！」

春田以悲慘的模樣追著能登，然而——

「春田同學有女朋友？真的假的？等等！快把詳情告訴老爹！」

春田身後因為八卦而眼睛發亮的実乃梨，也開始追趕春田。

「對方是個姊系美女喔！我怎能忍受這種事……！」

能登代替春田回答実乃梨：

「明明可以早點告訴我們！突然兩人一起出現在我面前，當下我真的超級震驚！感覺被拋下了！感覺遭到背叛！妳懂嗎！」

所有人吵吵鬧鬧奔向鞋櫃，竜兒從能登身後輕拍他的肩膀：

「能登，既然如此我也先跟你說一聲。其實——」

「呀啊啊啊啊啊！」

朋友踏了兩步躍向空中。「夠了，我不想聽那些！」——然後飛快逃走。竜兒本來打算告訴他：我向大河求婚，而且她也同意了。如果能登聽到，八成會當場憤慨而死。他衝上樓梯，衝進校舍的玄關。

「哇啊啊啊啊啊啊啊！」

「別在耳邊亂喊！原來是你啊，能登！」

真是出乎意料的狀況。能登不斷猛力迴轉，鞋底差點沒冒煙。「吵死了！」在他面前冷冷豎起眉毛的人，正是木原麻耶。她用力一撥垂在胸口之下的滑順直髮、嘟起塗上唇蜜的水亮雙唇，尖下巴埋在怎麼看都有些太過華麗、不太適合她的金蔥紫色圍巾裡。

「我、我有什麼不對？可惡，妳還不是圍著美輪明宏（註：日本知名女裝男藝人）風格的圍巾！」

「啥！不會吧？人家一點也不像美輪吧？」

抵達鞋櫃的竜兒多少明白能登想說什麼，於是假裝嗆到，想辦法忍住不笑出來。

「嗯──這個嘛，嗯──」

在一旁用長指甲玩弄柔軟長捲髮的香椎奈奈子面對拚命尋求同意的麻耶，只能以曖昧的動作搖頭。「咦咦咦，什麼意思？」麻耶大睜有著美麗雙眼皮的眼睛──

「別擔心，麻耶！」

「亞美……！」

亞美似乎和她們兩人一起到校。聽到亞美強而有力的一句話，麻耶立刻回頭……

「麻耶一點也不像美輪！雖然圍巾很像！」
「真的嗎？」
被打敗了。「本來想說這是新的，應該不會和妳們重複……」麻耶拿下圍巾收進包包。
有女朋友的春田悠哉說道：
「我覺得很好看！很有神祕感！」
他一邊追上先走一步的能登，一邊拋出稱讚企圖邀功，不過……
「我才不在乎你怎麼想……」
麻耶像貓一樣噘起上唇看著春田離開。竜兒若無其事地把脫下的鞋子收進包包，沒有擺進鞋櫃。他原本準備追上能登和春田，又稍微猶豫一下，停下腳步：
「木原，妳和能登還沒和好嗎？」
「……我什麼時候和他好過了？」
「沒有啊。妳送北村巧克力了嗎？」
「……和你有關係嗎？」
「妳不是說過我和妳是同志嗎？所以我才告訴妳──我告白了。」
「就算我們是同志，我也……嗯？咦？啥？唉，我沒送巧克力，不過……你說！呃？什麼意思？意思就是說、就是說、就是說……老虎？呀啊──！」

高聲尖叫、兩眼發光的麻耶拍了一下奈奈子的肩膀，「大事大事！高須同學向老虎！」

「……說清楚！」奈奈子有顆性感黑痣的嘴唇也露出微笑，把臉湊近麻耶。等一下，快點說——竜兒被吵鬧的兩名女同學追著快步跑上樓梯，轉過樓梯轉角時，看見後面的亞美和実乃梨正在說話。

「啊——啊——啊——太激動了……那是怎麼回事？」

「話說回來，妳剛剛有聽見嗎？聽說春田同學有女朋友喔……怎麼辦？」

「……啥——！騙人的吧？」

「世紀末了吧。」

「二十一世紀明明才剛開始。我說……唔哇！連那個笨蛋都有？討厭死了！為什麼人家……人家……！」亞美美莫名陷入低潮了……」

激動有什麼關係，接下來才是重頭戲——竜兒躲開女孩子的追擊，打開2年C班的門。

早！早！輪流回應熟悉的面孔。然後——

「高須早。可能……出問題了。」

竜兒看到一臉不安的北村。

大河的身影沒有出現在教室。來舉行班會的老師不是戀窪百合，而是其他班的導師。然後第一堂課開始、第二堂課開始。

大河還是沒來。

＊＊＊

班長在每天早上班會，都必須去找班導確認宣布事項。北村祐作煩惱各種事情的同時，今天早上也在同一時間前往教職員辦公室，卻見到單身班導戀窪因為有訪客，所以不在座位上。不會吧？北村也想到訪客可能是逢坂母女，但是無法確認。

「……不覺得有點怪嗎？」

竜兒不曉得出聲的人是誰。

不過因為這麼一問，第三節課臨時被通知自習的2年C班同學開始竊竊私語。這個時間原本是導師負責的英文課，班導卻沒有出現，而且前來通知自習的人是其他老師，還無視眾人詢問原因的聲浪，「啪！」一聲關上2年C班的門。

「百合出事了嗎？」

「她沒有請假吧？到底在搞什麼？」

「會不會是身體不舒服？可是如果是這樣，也該通知我們一聲吧。」

「我剛剛問過，A班第二節百合的英文課也自習。」

「話說回來，早上向她報告老虎還沒來，她只是說聲『我知道了』。」

——不對勁。竜兒連英文課本都不打算打開，只是抓著桌子，手心莫名冒汗。

「高須，老虎今天請假嗎？」

「……不，我想她應該會來。她說過會來。」

這些話是竜兒唯一能說的，對於接下來的問題——會不會和百合沒來有關係？他已經無法回答。

竜兒也在害怕。如果昨天在那個十字路口的短暫離別真的是最後一別，那該怎麼辦才好？昨天沒錢又走投無路。先回家一趟才能充分準備，順便讓大河的母親放心，也更容易趁隙逃走——竜兒是這麼打算的，這種想法果然太天真了嗎？

保重——假如只說了這兩個字，大河便從此消失，兩人總算拉近的羈絆就此中斷……開什麼玩笑！竜兒瞪著掛在書桌掛勾上準備齊全的包包。

我已經做好心理準備，也下定決心，可是大河如果不出現，這場準備好的逃亡之行又該如何開始？

「安靜！其他班在上課。」

北村以班長的身分起身，用宏亮的聲音提醒大家。不過推眼鏡的動作卻少了平常的冷靜；実乃梨同樣頻頻打開又闔上手機；亞美也在思考些什麼，手指一直觸摸自己的嘴唇；早上還吵鬧想要問出詳情的麻耶和奈奈子似乎也察覺到異變，此刻沉默不語；能登也發現竜兒聲音中的僵硬，轉頭問道：「要不要緊？」沒打瞌睡的春田抬起臉來。

「……百合會不會突然宣布閃電結婚，然後辭職？」

「『老師有事向各位報告，我閃電……買了房子。』」

「閃電購屋嗎！」

某位同學的搞笑逗笑了幾個人。

「我說……會不會是老虎又做了什麼？」

全班瞬間陷入沉默。前陣子三年級學長姊一擁而入大喊：「掌中老虎發飆了！」的衝擊，不只是竜兒和她的朋友，對這個班上的每個人來說，都留下無法一笑置之的傷口。

「……如果是這樣，可就是大事了。」

「上次是停學，這次恐怕會退學……？」

「騙人……這樣可不妙耶！櫛枝是不是知道什麼？」

女孩子紛紛詢問実乃梨，実乃梨以困惑的表情看向竜兒。

「大河她——」

竜兒抬起頭來，彷彿在說給自己聽：

「──絕對不會就此消失。絕對！我不會讓這種事情發生！」

小高高，怎麼了？發生什麼事了？聽到春田不安的聲音，「連這傢伙都感到不安，事情真的麻煩了！」──就在全班更加混亂的此時。

喀啦。教室前門打開了。

「坐下，請大家坐下。老師有話告訴你們。」

直到剛才為止都不見蹤影的單身班導戀窪百合（30）總算現身學生面前。如今的她以手帕按著臉：

「那個……」

單身遮著哭花的臉，發出克制聲音的啜泣，肩膀也在發抖……咦咦咦？2年C班全體鴉雀無聲。跟在單身後面進來的人是大河，看到她用雙手覆蓋蒼白小臉低著頭，班上所有人立刻明白大河發生不好的事。

大河──竜兒睜大發出暗淡光芒的雙眼。慢死了，這個迷你遲鈍女！今天可以不用客氣、完成不用！全部殺光！竜兒當然不是在發飆，而是因為大河總算現身而鬆口氣，終於能夠用力深呼吸。

竜兒明白。

「逢坂同學要說？還是老師來說……？」

「……老、老師說……嗚、嗚、嗚……」

那是假哭。

打開的教室門外，似乎沒有大河母親的影子。竜兒抓住掛在書桌旁邊的包包。「那麼就讓老師來說。各位同學，請聽我說。事實上——」戀窪大概從剛剛開始一直在哭吧，她抬起通紅的臉對學生說道：

「逢坂同學因為家裡的關係必須搬家，因此要離開我們學校。」

咦咦咦——！不會吧——？在出聲大喊的同學面前，戀窪背後的大河緩緩放下遮住臉龐的手，張開淺薔薇色的嘴唇說聲：竜兒。她哪有在哭，桀傲不遜的態度再度回到強悍的美麗臉龐。她毫不畏懼地抬起下巴，包包斜背在外套上，一隻手上——很好。竜兒對她點頭——那是裝有鞋子的塑膠袋。

「我想各位一定很驚訝，其實老師也無法接受。」

大河空著的手伸出拇指指向走廊，這是正式的「出去外面」信號。竜兒再次點頭。

2年C班同學頭上浮現的問號是因為眼前這個情況，以及大河背著戀窪對竜兒打的暗號，還有大河臉上充滿鬥志的神情吧。可是到了這個地步，竜兒卻動彈不得。站在講桌前的單身戀窪百合說道：

「我一直拜託逢坂同學的母親能夠重新考慮，可是——」

竜兒覺得班導變得好巨大。班導在物理上成為大河和竜兒中間的障壁。如果竜兒出現詭異的行動，似乎馬上會被抓住。大河已經一點一點朝門口橫向移動。竜兒也將包包抱在胸前，臀部正準備離開座椅——

「逢坂同學本人也非常難過。」

戀窪的眼淚再度落下。她環視教室，小心說話避免學生受到過大衝擊，可是她這副模樣對竜兒來說，正有如守備嚴密的守護神。

「老師也……我也難過自己為什麼沒有……更多力量保護她……」

說完這段話，大河就將回到母親身邊。竜兒輕輕離開桌子半蹲，渾身的肌肉都在顫抖。此刻不走、此刻不出去……可是又不能被抓住，竜兒不禁焦急不已。

這時他的背後突然——

「老虎～～～～～～～～～～～～！」

彷彿某次上課的光景倒轉一般，響起慘叫聲。竜兒也不由得嚇了一跳轉過頭。發出驚人音量大叫的春田起身順勢翻個白眼，一副死人樣。呀啊！在周圍其他女孩子大叫聲中，笨蛋春田的修長身體抽筋、誇張撞倒桌椅之後，有如斷線的傀儡倒地不起。

「春、春田同學？」

戀窪盯著倒地的笨蛋。「春田怎麼了？」能登以快速的滑壘動作來到春田身邊，黑框眼睛嚴重歪斜：

「老師不好了！老師！春田暈過去了！」

「為什麼？怎麼回事？要不要緊！」

戀窪走下講台，穿過騷動的學生來到躺在地上的春田身邊，跪下來確認他的呼吸，正想搖動身體之時不禁遲疑——「誰誰誰去教職員辦公室叫其他老師過來！必須快點送到保健室才行！」戀窪大喊並且環視其他同學的臉。

「……唔咦咦……？」

戀窪覺得自己似乎看見竜兒和大河抓住彼此的手全力衝出走廊的幻影。等她理解那個影像不是幻影，而是現實時——

「……百合對不起，我們是春田劇團……」

原本癱在地上的笨蛋帶著萬分歉意睜開瞇起的眼睛。順著春田臨時編出的劇本一起演出的其他同學，也一個接著一個低頭向戀窪道歉。可是道歉已經太遲了。

「……這、這、這……這——————！」

戀窪甚至不曉得兩人跑向何方。

櫛枝実乃梨也踏著輕快的腳步跑出教室，川嶋亞美跟著跑往反方向。「雖然不曉得怎麼回事，我們也一起去吧！」麻耶和奈奈子兩人追上亞美。其他同學也「翹課！」「大家一起走吧！」「話說回來，這是怎麼回事？」得意忘形地踹開椅子，彷彿逃出漁網的小魚各自離開教室。四處響起沉重的腳步聲，根本不知道誰是誰。

現在距離大學聯考還有十二個月，有些同學擺出與自己無關的態度在座位上看書、有些同學驚慌地看著無法理解的情況發呆、更有些人打從一開始就沒興趣，趴在桌上睡覺、還有人打算大喊：「你們也節制一點！」出聲阻止混亂發生。另外有些人反應慢一拍卻愛湊熱鬧，此刻才想到「我也跟著跑吧」而離開座位。

「豈能讓你們如願——————！」

「咕耶耶！」

他們因為被戀窪抓住衣領而呻吟。「可是、可是……已經集體翹課了喔！」在混亂不已的戀窪面前——

「真的很抱歉！」

北村祐作深深低頭道歉。

「真的給老師添麻煩了。我們是笨蛋、傻瓜、小鬼……對不起……！」

「啊、啊、啊。」

戀窪抓住北村的肩膀全力搖晃：

「如果道歉就能了事，這個世上就不需要警察了！這種幼稚做法我絕對、絕對絕對絕對、絕對、不、認、可！混帳～這些小王八蛋太小看我了！我非得把你們全部抓回來！」

「老師，這個！」

某人拿給戀窪看的東西，是竜兒留在桌上的半張筆記紙。看完第一行寫著「老師」的文章，戀窪忍不住瞪向走廊。她抓著筆記紙、丟開淚濕的手帕、踏著當成室內鞋的膠底護士涼鞋、揚起裙子飛奔而去。

在樓梯轉角抓到一名男生，戀窪直接把他拖往教職員辦公室，對著沒課的老師大喊：

「他們翹課了——！請幫忙抓住所有人——！」什麼！戀窪把抓到的男生交給驚訝站起的男老師，沒敲門就衝進會客室。

「他、他們逃了！」

「……」

喀鏘！坐在沙發上的大河母親落下手上的紅茶杯，瞪著幾乎快要落淚的戀窪：

「……我嚇到小孩子差點生出來……」

「噫——！」

「……騙妳的。所以我剛剛才說要直接帶女兒離開！我的天啊……怎麼會有這麼笨的女兒！他們到底打算逃到哪裡！」

「請您先看一下這個。」

戀窪遞出竜兒留在桌上、匆忙寫下的紙片——『老師對不起，大河絕不是會心甘情願就此離開的人。請相信我們。明天之前她絕對會和母親聯絡。』——這是什麼？淺色眼睛上揚，大河的母親瞪向班導。比什麼都恐怖的視線、不耐扭曲的嘴唇——戀窪不禁覺得這對母女真的很像。

「高須同學不是會毀約的孩子，他一定有他的想法。當然我們現在仍在全力尋找他、找尋逢坂同學。可是請您相信他……相信我，能否請您至少等到明天？」

「我不認識高須同學，也不認識妳。可是我很清楚自己的女兒，她不可能老老實實和我聯絡、乖乖回來！昨天也是，結果今天又遭到這樣的背叛。妳到底還要我相信什麼！」

「如有失禮之處還請見諒，但是曾經破壞的信賴關係不可能馬上復原，需要時間來撫平。對逢坂同學來說是這樣，對您也是。」

「我是她的母親！」

「我是她的導師！」

瞬間兩名女人對瞪，眼睛似乎會噴出火焰，雙方不發一語。不過戀窪馬上低頭退後：

「……很抱歉，不過我相信這些孩子。我想這些孩子一定也信任我。我願意賭上八年的教師生涯。或許到今天為止我所做過的，只是微不足道的小事，然而對我來說，這是成為社會人之後生命的全部。我願意一賭，那些孩子一定會回來，請您相信他們。」

「妳說願意賭上教師生涯？但是他們最後當著妳的面前逃走、背叛妳，不是嗎？即使如此，妳還是相信他們？」

「是的。正因為他們知道我相信他們、正因為他們相信我，他們才會逃走，才會約定一定會回來。我相信這個約定、相信這份羈絆、相信我們的關係，全部都相信。因為信任就是我的工作。」

「……很好，既然如此就寫下來，寫在那張紙上也可以，現在馬上寫。如果我的女兒明天沒回來，妳就要辭掉教師工作。妳所謂的信任，應該不是一張破紙就能夠簡單推翻的吧，戀淵老師？」

「……是．戀．窪！」

戀窪翻過竜兒留下的字條背面，在大理石桌上署名並且寫上日期，原子筆不自覺地發抖。她真的拿教師生涯當賭注。簡直像在為支票背書，這一小張紙條就可能讓戀窪失業。拜託你了，高須同學；拜託妳了，逢坂同學。戀窪輕輕唸唸有詞，剩下的只有相信那些孩子。

「……我很清楚大河不信任我。因為我總是做些讓她無法信任的事。我和逢坂兩人生來就是互相傷害、老是任性自私地互相比較、擾亂大河的生活、把大河當成鬥爭的道具。結果卻演變成無法見面，直到現在……我不是什麼好媽媽，今後也不會是。」

大河母親看著戀窪的動作，一個人自言自語：

「可是事到如今，我也不能就這樣把那孩子丟下不管。」

戀窪眼前彷彿是名十七八歲的傲慢女學生。戀窪心想，一定是因為她動口的方式和她女兒很像，才會有這種錯覺。戀窪放下原子筆，再次仰望大河的母親。她身穿看來昂貴的套裝，明明是孕婦卻腳踏高跟鞋，深輪廓的臉龐，就連不耐煩的表情都顯得很優雅。她的眉間突然痛苦皺起：

「唔……我如果在這裡生小孩，妳會幫我接生吧……？」

「……您是開玩笑的吧……？」

「開玩笑的。」

「真的很恐怖，拜託您別鬧了！您還好吧？」

「應該吧。」

從上以傲慢的眼神往下看的樣子，以及嘲弄的語氣，都和那個孩子好像——戀窪心裡這麼想著。

在第三節課結束前，2年C班的脫逃者總算全數抓回來，有些則是自行返回教室。

在這個時候，竜兒和大河不曉得班導為了自己賭上教師生涯，早已跳出窗外、跨過圍牆逃出學校，跑在不會被人注意的小巷子。

＊＊＊

「聽好了，萬一在某處被人擋下來詢問：『你們怎麼沒去學校？』就回答我們遲到了，現在正要趕去……大河？」

「……」

「大河！現在不是神遊其他世界的時候了！」

「啊……」

竜兒伸手拍了一下並肩奔跑的大河肩膀。眼睛沒有焦點、只是挪動雙腳的大河，近乎無意識地以同樣的力道回擊竜兒，並且說聲：「很痛耶！」看來她似乎回魂了。

「……沒有，我正試圖把腦袋放空、不去亂想。」

「為什麼？」

「我在檢討昨天的事。都怪我想太多，才會發生那些蠢事，譬如害你掉下河裡等等。所以我打算進入無我境界。只要跟著你、不要摔跤、不要走失。你要好好帶路喔，要去蠢蛋吉家的別墅對吧？」

「那怎麼行！妳也要想想、仔細想想！事實上現在有個問題。」

竜兒抓住大河的手肘轉進小路，其實他的腦中早已規劃好逃走路線，不經由最近的車站，打算繞遠路搭電車。至於目的地是哪裡——

「問題？什麼意思！」

「昨天回家我發現泰子離家出走了！」

「……」

看到大河沒有回答，竜兒以為她又進入無我狀態而看著她，原來她是因為太過驚訝，說不出話來。瞠目結舌的她看著竜兒，停下奔跑的腳步，用力抓住竜兒的手肘：

「……等……等一下。」

太過混亂導致她的睫毛顫抖、眼睛眨個不停，又以有如呻吟的聲音重複「等一下喔。」以手背用力磨擦白皙的額頭：

「泰泰離家出走？是……因為你昨天說的那些話，傷了她的心？」

「可能……是吧。」

「可、可能個頭啦！我們兩個準備就這樣逃走嗎？如果連泰泰也走了……或許這輩子再也不會見面……」

「或許吧。」

竜兒靜靜地看著大叫的大河。

「……我不要！」

「我雖然決定要和你兩個人一起活下去，但那不是為了傷害泰泰、拋棄泰泰！我們確實看起來是要逃走沒錯！可是我們要逃往的未來，連泰泰……如果泰泰願意，我希望泰泰也能和我們一起！我一直是這麼想，沒想到泰泰離家出走……想要離家出走的人明明是我們……現在卻……」

原本為了離家出走而奔跑的大河，以茫然的模樣愣在原地。面對先前沒有想到的情況，她害怕地垂下視線：

「該、該怎麼辦才好……？」

或許她此刻才明白自己準備做的事代表什麼。

「妳打算怎麼辦？」

竜兒抓著大河的手問道。是這個聲音嚇到大河了嗎？她抬頭以詢問的眼神看著竜兒。她的臉上充滿不安，彷彿在想：如果我答錯了，會不會被扔在這裡？

「沒有什麼對與錯。一起思考妳想怎麼做？」

「這個嘛——這個嘛，當然是和竜兒在一起！想和竜兒一起幸福！可是我不希望泰泰不幸福！我知道自己說的話很蠢，可是、可是……」

「我也一樣，我明白妳的意思。我無法放棄和妳一起生活，也無法放棄泰子。所以有件事非做不可，有個地方非去不可，但是那並不是川嶋家的別墅。妳願意和我一起去嗎？」

大河毫不猶豫地點頭：

「廢話！你既然說要去，我當然相信你，跟你一起去！」

4

這是第三次。

每次站在這扇門前，竜兒都不是一個人。

第一次。

當時的竜兒還在一片黑暗之中，什麼也看不見。在溫柔的心臟聲環繞下，還不懂思考的自己，只是悠閒地飄著，也不可能有印象。這是十八年前夏天結束、秋天開始那天的凌晨兩點。那是最黑暗的時間。竜兒當時只是個生命，還沒有名字，身體是只有幾公分的細胞組織，而從這扇門逃向深夜世界的泰子，也是年僅十六歲的孩子。

第二次。

沒有通過這道門。站在稍遠的公園裡，泰子和竜兒望著這扇門好久。竜兒邋鞦韆邋膩了，也等倦了，所以喊聲「媽媽」想拉住那隻白色的手。泰子的視線這才緩緩離開門。

然後現在是第三次。

竜兒身邊有大河。

「……沒錯吧。」

「……沒錯吧。」

兩人同時屏息。

他們多繞了點路才抵達車站。預料老師會追上來，於是特別避開大車站，選擇麻煩的轉乘路線，或是很普通地搭錯電車（都怪大河隨便跑上開進月台的電車），或是搭乘特快車（這不是任何人的錯），結果花了比想像中還長的時間才到達。

竜兒打從一開始就不準備仰賴模糊的記憶，而是照著地址走，看來這個選擇完全正確。環視與記憶中相去甚遠的現實，竜兒暗自品味彷彿異世界地牢迷途旅人的不安。

原本當成地標的公園附近，如今已經變成高樓大廈。在成排都是獨棟房屋的住宅區裡，難以分辨的單線車道有如棋盤一樣縱橫交錯。寫在電線桿上的地址號碼也不連貫。他們在白石外牆與深綠色樹籬迷宮之間來回，冬天短暫的日照逐漸傾斜，時間已經接近傍晚時分，兩人總算到了這裡。

「沒錯吧?應該是這裡沒錯吧……這裡寫著高須。」

由圍籬內側伸展出來的樹葉遮住半個門牌。大河畏畏縮縮地看著，然後回過頭。竜兒不是從父姓——面對如此單純的事實，竜兒反而沉默。因為連他自己也受到意外的衝擊。

隱隱約約……不，或許自己早就想到了，原來泰子告訴竜兒的故事「竜兒的父親和泰泰彼此深愛對方，有如命中註定在一起，可是他卻死了，真是遺憾！」並非事實。倘若屬實，竜兒自然應該從父姓。泰子既然是離家出走，沒理由特地報上高須的姓，也不可能因為丈夫去世恢復舊姓。總之有可能是離婚，或是打從一開始就沒有結婚。原來期待竜兒出生、等待幸福降臨的父親，打從一開始就不存在。

雖然早就想到，果然還是——

「怎麼了?為什麼不說話?」

「沒什麼……只是一下子許多事有如走馬燈……」

「現在哪是走馬燈的時候！」

竜兒容易悲觀思考的想像力——

「馬不是用來走的，是用來吃的。」

被大河乾脆的點頭用力拉回現實。「是、是啊。」竜兒不由得跟著贊成……真的是嗎？他再度偏著頭。

「先別管馬肉了！現在不是發呆的時候！你想和泰泰重修舊好吧？想接起切斷的羈絆吧？所以才會到這裡來吧？你和泰泰吵架之後沒有解決就想逃避，這樣的你……」

站在陌生街角，大河停頓了一會兒——

「……不，是我。我無法原諒。」

她一邊仰望竜兒的臉，一邊以有力的聲音低聲說道。竜兒自己也明白，和大河一起站在這扇門前的覺悟不是假的。

「按門鈴吧。」

「我知道……我正要按……正準備要按。」

只是果然還是沒出息，太緊張了。竜兒知道泰子要自己過來這裡的決心也絕非虛假，也理解她決心不回來這裡，那種累積十八年的覺悟有多沉重。

竜兒原本想伸手去按門牌下方的門鈴，但是忍不住作罷，連稍微摸一下的勇氣都沒有。他屏住呼吸，重複同樣的舉動幾次之後——

「唉，也對，的確需要心理準備。」

大河露出大佛一般的笑容對著竜兒點頭，同時仰望竜兒那張緊張到像被詛咒的嗜虐般若臉孔。她用溫柔的力道，輕輕握住竜兒緊張而汗濕的手。

「大河……」

任誰也想不到大河經歷許多事之後，變得如此圓融。這個時候坦率展露的體貼，叫人莫名感動。竜兒有些想哭地回握大河的手，沒想到——

「……哼！」

「嗚喔喔喔喔！」

啪嘰！開心的左手傳出毀滅的聲音。

「暖身運動夠了吧，垃圾！來吧，快點按鈴！」

大河的太陽穴爆出青筋，兩人突然變成在空中比賽腕力。大河使盡全力企圖把竜兒的手拉去按高須家門鈴。竜兒也緊咬牙根，雙方都顯得非常可怕，握在一起的手互相推擠硬拉，兩人的手指、手肘都發出喀喀的關節聲響。

「別勉強我！我、我有我的時機啊！」

「我的時機就是現在！」

「我的還——沒！」

「我是你的妹、廢、未婚妻，所以應該攜手同心！」

「哇啊啊！住手！大笨蛋！」

竜兒奇蹟似地擋住大河有如蛇一般從旁伸出的另一隻手。雙手緊緊交纏，並用全身體重將大河推開。

「站在這裡想東想西，也想不出個所以然啊！」

不適合這個寧靜住宅區的聲音響起。

「話是沒錯！可是我有很多事要思考！」

「站在這邊一直想，就能解決嗎！」

「不能！但是讓我再稍微整理一下。」

啊啊啊──大河的嘴唇快速開闔。「咦！」那個啊啊啊！「我不懂什麼意思啊！」我、啊啊啊──！

「說話啊！」

「……我！想借！廁所──！」

按下！聽到真心的生理需求，竜兒的左手頓時失去力氣，拳頭的骨頭在千鈞一髮之際正好壓到門鈴旁邊的水泥牆。

「咿！痛啊啊……！」

「……啊──喔……」

呻吟的人不只竜兒。大河不知為何突然露出走投無路的表情，緊繃雙頰放開手，呈現奇妙的半蹲姿勢。雙手像個人偶朝斜前方伸直，輕飄飄的身體上下搖動，似乎說出口後讓感覺更加鮮明。大河露出突破極限的冷笑說道：

「……我此刻最希望的，就是脫離眼前尿急的狀態……」

「妳、妳……該不會已經……？」

「……這個嘛……」

大河的聲音愈來愈小。永別了我在社會上的生命，過去這些日子感謝你的支持——見到大河逐漸脫離現實，「夠了，怎樣都好！」竜兒只好以近乎自暴自棄的動作，以食指用力按下門鈴。該說什麼？該怎麼自我介紹才好？泰子的父母是什麼樣的人？想做的事情真的能夠達成嗎？話說回來他們會相信我嗎？再說，這個「高須」真的是泰子的娘家嗎？一切想法在腦中急速運轉，還有無數不順利的情況也浮現腦海。到了這個地步，手指緊張到逐漸變冷。或許藉由「想借廁所」的力量按下門鈴，也不失為一個好結果。

然而——

「喔、喔喔喔、不會吧……怎麼搞的……」

「假的吧……」

他們又按了兩三次門鈴，仍舊沒人回應。假的吧！假的吧！大河像唸咒語般說個不停。感覺裡面不像有人，竜兒不禁俯視大河的臉。咒語不知幾時變成「湖邊吧」了（註：「湖邊」

與「假的」日文發音類似）。可是大河自己也沒有發現，繼續唸個不停。湖邊，湖邊，湖鱉……

這也是理所當然，畢竟現在是平日下午三點，只要是有工作的人，這個時間應該都在工作職場。我們為什麼沒有考慮到這一點？

「……怎麼辦？好像沒人在。」

「哇——」

大河從湖邊歸來。

「怎、怎怎、怎麼辦……我說真的，喂，妳有什麼打算！」

「唉喲，請您別碰我。」

大河的人格變了。

「呼哈哈，碰到會忍不住、碰到會忍不住啦，哈哈哈。」

「我們回頭吧，回湖邊……不對，回車站！不，半路有便利商店，我們快點回頭！」

「不不不不能走了。」

「我揹妳！全家就在那邊！別放棄！」

「啊——哈哈，請您別碰我，啊哈哈——」

在寒冬斜陽照射下，兩條人影在寂靜的住宅區詭異伸長。精神錯亂、邊笑邊輕巧亂竄的連帽短大衣少女，還有追著她的學生服嗜虐般若——世人想必避之唯恐不及。

「……」

「啊，抱歉……」

一名女士刻意繞過兩人，走近高須家門。竜兒反射性地向她低頭鞠躬。她斜眼瞄了兩人一眼，不難想像在質疑的視線裡帶有膽怯。沒辦法，竜兒和大河實在太奇怪了。竜兒很有自覺，把「湖邊呼哈哈」狀態的大河推到路邊。他早有悲壯的覺悟，如果大河出事，只有自己支持大河、自己是與她攜手同心的未婚夫。不過——

「……喔！」

「……邊！」

兩人不約而同發出叫聲。女士嚇了一跳，害怕地抖著肩膀，慌忙逃進打開的高須家門，正打算把門鎖上。

「請——請等一下！請問！」

竜兒突然出聲大叫。他瞬間看向大河的臉，大河也同時仰望竜兒的臉。對，就是她。

滿街可見的深灰色羊毛長褲搭配慢跑鞋，身穿膚色的羽絨外套，手上拎著藥妝店的塑膠袋。尼龍包包也是到處有賣的普通貨色，只有服裝打扮感覺像是四五十歲的「歐巴桑」。短髮和格外細緻的緊實肌膚，嘴唇也和年輕少女一樣水嫩，臉頰充滿彈性，有點嬰兒肥——

「遺傳」兩字突然浮現竜兒腦中。

這個人絕對是泰子的母親。在想到的瞬間，兩人的臉交疊在一起。眼型、兩眼之間有些開的感覺，超乎巧合地意外相似。果然不出所料。

先開口的竜兒反而僵在原地，對方看著他的臉，原本打算逃走的腳步瞬間停住。我必須說點什麼才行──竜兒吸了口氣：

「能不能跟您借一下洗手間？」

「他是泰泰的兒子！咦？現在提那個嗎！」

「咦咦……？妳剛剛不是……！」

兩人分別喊出不同的事，忍不住面面相覷。可是在這個場合之下，快要忍不住的人是大河，於是竜兒再次堅定地問道：

「這麼突然實在很抱歉！能不能借她洗手間？」

竜兒用力踩穩感覺快要發抖的雙腳：

「我、我是、高……！」

竜兒瞬間說不出話來，他知道大河用小手拍著他的背為他打氣。感覺到大河小手的溫度，竜兒再一次把氣全部吐出，然後用力吸氣：

「……我是！高須、竜兒！是高須泰子的兒子！」

他從口袋拿出手錶和照片。用顫抖到有點可笑的手，將那些東西遞給門後的女士。神啊……這個時候特別想對某個人祈禱。

神啊，情況會順利嗎？願望能夠傳達嗎？

那位女士先看過手錶，接著看向照片，確認照片裡大肚子的泰子，與擺出「耶～～☆抓奶」動作，流氓打扮的竜兒父親，然後做出電視劇裡時常出現的動作，採購的東西從鬆開的手指掉落腳邊。竜兒知道她的手失去力氣。

「你……」

竜兒看見她發出悲痛聲音的嘴唇正在顫抖。

「你從哪裡、怎麼……來的……」

「……這傢伙是我的……女朋友！因為某些原因一起過來，那個……」

「泰——泰子在哪裡！」

竜兒把快要突破極限的大河，推到發出哀號的女士面前：

「我有很多話想說！很多，真的很多……不過在那之前，可以借她洗手間嗎？」

『那是騙子！別讓他們進門！什麼？已經進來了？笨蛋！』在電話那頭大吼到連竜兒都聽見的人，就是高須家的戶長——泰子的父親，也是竜兒的外公。等到他返家之時，大河正好帶著鬆了一口氣與萬分歉意的微妙表情從廁所出來，前後不過五分鐘。

「到底是怎麼回事？是誰從哪裡把這個東西……啊啊！」

「喔……」

「唔咕……」

以幾乎把門踹倒的氣勢衝進來的男人，打開門時正好同時打中不好意思進入屋裡，因而站在玄關的竜兒與大河後腦勺。用力的一擊讓兩個人一起按著頭，真不愧是攜手同心的兩人，他們一邊呻吟，一邊跪倒在玄關地磚。

「……親愛的，那個，這兩個孩子……該怎麼說……」

「哪、哪個該怎麼說？」

「……男生據說是泰子的兒子……」

「什、什、什、什——」

這是間相當普通的獨棟房屋。

玄關的櫃子、牆壁、地板都是亮系的木質。鞋拔用黑色的繩子掛起。看來這裡昨天也下過雪，兩把雨傘擺在外面。牆上裝飾著乾燥花，月曆下用迴紋針固定幾張明信片之類的東西。走廊盡頭掛著深藍色門簾，可以看見從後頭客廳流洩而出的陽光——真是個普通的家庭。竜兒甚至覺得可以看到泰子長相的水手服少女，踩著拖鞋吵鬧穿過走廊盡頭的門簾跑出來。

這裡住著母親、父親、女兒，早晨、中午、晚上——時間普通地流動。這個「普通」早已是過去式，竜兒也同時明白眼前的現實有多麼異常。

「……我是……我是高須竜兒……大河，站得起來嗎？」

竜兒抓住點頭的大河，兩人一起緩緩站起。身穿西裝說不出話的男人是所謂「大叔」世代，竜兒不知道該說什麼。剛才聽說他在住家附近有間辦公室，在那裡從事稅務士的工作。

「……她是逢坂大河，因為某些因素，今天陪我一起來。」

竜兒一時之間只能指著大河這麼說。大河也是曖昧地低下頭，光是這個動作就必須用上全力。

「這個。這孩子拿來的。是泰子沒錯吧？」

泰子的母親把竜兒帶來的手錶和那張「耶~~☆抓奶」照片交給大叔——泰子的父親。泰子的父親不知所措地站在玄關，茫然看著兩樣東西。他真的看了很久，總算抬起頭來，夫婦兩人無言以對。

竜兒接著從口袋裡拿出那張通訊行的便條紙條遞到兩人面前。上面有泰子的筆跡，寫著這裡的地址和電話。

「這個難看的圓體字……一定是泰子，對吧？」

「……是泰子……打從出生就住在這裡，卻老是把地址的字寫錯……沒錯，這是泰子寫的。那麼這孩子真的是、泰子的、那個……」

竜兒遞出寫有「高須竜兒」的學生證，現在能夠拿來證明身分的正式文件只有這個。這樣一來，事實顯得更加明確。

「泰子她——媽媽昨天離家出走！她拋棄了我！」

夫婦兩人手上的照片、紙條、學生證一起掉落。「安全上壘……」只有手錶在千鈞一髮之際，被大河奇蹟似地接住。

「我不接受她的做法，所以來到這裡！媽媽已經是大人了，不能繼續當蹺家少女，必須要回家才行。必須回到這裡、這個家。因為我的存在，害得泰子無法回這個家。這一點……我無法原諒害得泰子不能回家見父母的自己。我好恨，甚至認為如果沒生下我就好，我曾有過這種想法。可是、可是——」

竜兒不曉得他們懂不懂，總之他試著把自己的想法說出來。

他想要正確表達前來這個家的意義與覺悟。

「……如今，活下來的我有了喜歡的人，也有人喜歡我。能夠生下來、活在現在，我真的……很開心。」

竜兒以顫抖的手抓住大河的手。大河也牢牢握住竜兒的手指。竜兒並非孤伶伶一個人站在泰子逃家的玄關。

「所以……我突然出現、突然說出……這些話，兩位可能覺得我是笨蛋……是莫名其妙的傢伙，但是！但是我為了自豪的『現在』，不想再當泰子的負擔！同時也是為了旁邊這位喜歡我的人……大河，為了喜歡我的大河、為了所有朋友，也為了母親，希望為了自己此刻能夠存在世上感到喜悅！我不希望再有愛我的人，因為我的存在而付出代價！我希望能夠認同這一切是美好的！不再做出任何犧牲！我希望自己相信，一切都按照原來的樣子存在最好！所以我來到這裡……為了指引泰子回家的路，所以來到這裡！」

「我們不是奇怪的宗教團體。」

在亂喊一通的竜兒身旁，大河也開口說道：

「他說的這些話，全部都是真心的。他或許是有點危險的傢伙，不過……可是沒辦法，因為他是泰泰的兒子。真的——」

心中真的、真的、真的、真的充滿愛——大河明白竜兒的痛苦，落下一滴眼淚。如果沒有大河、如果大河沒有胡亂撞飛竜兒、引導竜兒、走在竜兒身邊，竜兒不可能來到這裡。

「……你願意告訴泰子回到這裡的路嗎？」

泰子的母親看著竜兒制服胸口的鈕釦，用盡力氣說出這句話。竜兒點頭回應。

「泰子一心要把你生下來，她想見你。可是卻遭到反對的我們斥責，哭了無數次……最後便消失無蹤。這次你能幫我們帶泰子回來嗎？」

在點頭的竜兒身旁，響起規律的滴答聲，大河握在手中的手錶秒針今天也依然不停刻劃時間。泰子帶著它離開這個家，竜兒又帶著它回來，這個手錶從來不曾停歇。

這個家的時間一定也能回到正軌。受到飛踢一般的衝擊之後，大家一定能夠一口氣回到真正的時間。只要再一下、再一下。竜兒的肺部吸滿空氣，以銳利的雙眼直直俯視期望的世界，撥開烏雲。

＊＊＊

「會不會遭天譴啊？」

送出去的簡訊是選擇2。

泰子的母親此刻仍在擔心嘆息，稱呼外婆實際太對不起她。有張娃娃臉的高須園子55歲，正在廚房裡慢慢走來走去。同樣不適合用外公來稱呼的高須清兒57歲——似乎是竜兒名字的由來——也隨意坐在不銹鋼廚房流理台旁邊。

「只能等待了。冷靜一點，簡訊已經傳出去，無論如何都無法挽回了。」

「……如果有天譴也應該是我受罰。畢竟傳簡訊的人是我。」

大河真不愧是厚臉皮，毫不客氣挑了高須家暖桌正中間、電視正前方的最佳位置，把自己深深埋在裡面。她手上拿著手機準備隨時能夠回應，像貓科動物一樣把下巴擺在桌上。

「如果說了就會實現，那麼有危險的人是我吧。」

竜兒以彷彿家臣或經紀人的動作端正跪坐在大河背後，準備隨時應付突發狀況。想出這些選項的人也是竜兒自己，所以他該負起所有責任。簡訊送出去才不過一個小時，每個人卻不由自主豎起耳朵注意玄關的狀況。

『竜兒發生意外受了重傷，快點過來。』

大河用自己的手機傳了這封應該受到天譴的假簡訊給泰子。選項1比較溫和：『那個地址已經沒有房子。』選項3是：『我在警察局。妳不來接我，我就出不去。』選項1立刻遭到否決，選項3也因為園子表示：「這樣一來就要去警察局。」而否決。在已經想不出其他選項的情況下，最後採用有點激烈的選項2。不過——

「……這根本是詐欺。一般人都會懷疑吧？」

「我有留下電話，我想她會相信。」

「她會問遍附近的醫院吧？」

「……啊……或許會。」

連自己都覺得整個計畫十分拙劣，可是現在說這些也沒用。再說在場兩位監護人也贊成——雖然他們現在似乎有點後悔。

四人份的沉默降臨沒開電視的安靜客廳。竜兒起身有些尷尬地掀開手機⋯

「那個、這是上星期的泰⋯⋯媽媽。內臟火鍋⋯⋯」

園子和清兒戰戰兢兢伸長脖子，看向竜兒手中的手機，好一陣子沒有開口，只是盯著泰子的照片。

竜兒手機螢幕上的泰子，頂著一張沒有化妝的圓臉、頭髮綁成衝天炮、沒有眉毛、身穿UNIQLO的家居服，在內臟火鍋的熱氣中很有精神地用雙手比出V字手勢。這張照片可能太蠢了。正當竜兒這麼想時——

「泰子⋯⋯都沒變呢⋯⋯」

「真的，完全沒變呢⋯⋯」

兩個人似乎有感而發，同時把臉靠近手機的小螢幕想要看個仔細。

「還有其他更好的。」

竜兒翻著沒有整理的資料夾，想找幾張看來比較聰明的照片。在強得有如純白光芒的強烈夏日下散步這張看起來不錯，竜兒將照片放大到全螢幕。竜兒已經不確定為什麼會拍下這張照片。照片上的泰子單手拎著冰桶，正要和毘沙門天國的小姐一起前往河邊烤肉。泰子頭戴大草帽，身穿T恤與牛仔褲，笑得十分開心。走在泰子前面一點、身穿連身洋裝的大河裙子翻飛，同樣露出笑容。歪斜的照片很模糊，恐怕是拍照的竜兒也在笑。

「啊啊，看來很有精神、很開心的樣子。」

園子一面自言自語，臉上首次浮現淡淡的微笑：

「如果她這麼有精神……這麼有精神，就好了。對吧，爸爸？」

「哪裡好了？」

「有什麼不好？我覺得很好。我一直很擔心她，也想了很多，畢竟已經過了十八年……鄰居曾經告訴我看到泰子。」

她笑著瞇起眼睛，指尖輕輕擦拭眼角：

「聽說在那邊、前面那座公園看到的。說是看到泰子帶著一個小男孩一直站在那裡，還說泰子變得好瘦、好可憐。」

天網恢恢，疏而不漏——竜兒低聲唸唸有詞，不過似乎誰也沒有聽見。

「或許是看錯還是什麼的……不管怎樣，我很氣鄰居為什麼沒有叫住她！事實上都怪我。我每天都在等待泰子回來，剛好就是那天外出不在家，好像是去銀行辦些沒什麼大不了的瑣事，平常總是在家的我，偏偏挑那天出門。我後悔、後悔、後悔、後悔得不得了……我想像泰子遭遇到很慘的事，已經死了或是被殺……作夢都會夢到這些。媽媽，救我，妳為什麼不在——我夢見抱著小男孩的泰子被人追殺，拚死逃到自家附近的公園哭泣……啊，不要再說了。看到她這麼有精神的模樣，我就心滿意足了。」

園子張開雙手，撐著年輕的身體站起，對埋在隔壁客廳暖桌裡的大河說道：「要吃點東西嗎？去過洗手間了吧？」身穿制服的大河爬出暖桌來到廚房，跟在園子身邊東張西望：

「我想吃東西……飯之類的……」

竜兒抓住她的袖子一拉：

「妳這傢伙的厚臉皮程度，真是筆墨也難以形容……！」

「人家肚子餓了嘛。我們又沒吃午餐。再說昨天晚上、今天早上，我都因為胃不舒服所以幾乎沒吃。可是我想你應該也是吧？昨晚在飯店裡我一直在想，此刻的竜兒一定煩惱到什麼也吃不下吧……你的胃一定也很不舒服吧……沒錯吧，畢竟我們兩人一條心。」

「我吃了！被泰子拋棄之後，我一個人待在家裡，把昨天剩下的東西挖出來好好吃了一頓！還吃了妳送的巧克力！」

「騙人！你這個無情的傢伙！」

「今天早上我也吃了！為了今天的行動，當然必須補足營養！有問題的人是妳，今天這麼重要的日子竟然沒吃東西，連尿都忍不住，相較之下妳比較無情吧！」

「竟然這麼說……！」

「妳的孫子說出這種話喔。這才是孫子的本性。」大河故意在園子耳邊耳語。「弄點東西給她吃吧。」清兒語畢便站了起來。園子笑著看往冰箱裡頭。

「啊啊、有有有，有冷凍白飯，還有雞蛋、火腿、洋蔥……」

「也有酸菜！竜兒，你會做酸菜炒飯吧！」

跟在園子身後的大河開心地回頭。確認別人家裡冰箱的庫存還這麼高興，會不會太快跟人家打成一片了？反而是竜兒紅著臉低下頭。介紹她是女朋友、帶她過來的人是竜兒，所以竜兒應該負責。

「妳這傢伙……！幹嘛突然就一副和人家很熟的樣子……妳不懂什麼叫客氣嗎！」

「因為他們是泰泰的爸媽，也是竜兒的外公外婆嘛。明年我嫁給你之後，他們也是我的外公外婆喔！」

大河的嘴巴笑成三角形，同時雙手高舉。看到大河的舉動，園子也微微笑了……

「……想吃炒飯嗎？我來做吧？」

「太好了！」

然後大河以機動戰艦一般的速度，在竜兒眨眼的下一秒坐到餐桌前。真是受不了！竜兒忍不住遮著臉：

「我來幫忙……請讓我幫忙。不然我真的覺得很不好意思……」

竜兒來到站在普遍系統廚房前的園子身邊。園子一拉動繩子，昏暗流理台上的日光燈便耀眼亮起。

「竜兒非～常擅長做菜喔！」

「我看一下。」

在大河得意的聲音催促下，園子看向竜兒切洋蔥的動作，不禁「哇！」驚訝睜大眼睛：

「真想不到你是泰子的兒子。泰子非常笨手笨腳，也記不住步驟，實在無可救藥。不過其實只要肯花時間，就能做出好吃的東西……」

「我知道。」

竜兒一面拿著菜刀在砧板上以流暢的速度切洋蔥，一面回答：

「我是吃泰子煮的飯長大。等到我會煮之後才交給我負責，不過之前一直都是兩個人一起做。」

「這樣啊，原來如此。」

……竜兒擔心園子是不是在哭，有些擔心地看著她。只見園子的視線突然望向遠方，沉默了好一陣子，似乎在思考什麼。

「那孩子真的很笨。」

她望著夕陽西下的窗外。竜兒無法確認她的意思是指「少了爸爸的母子兩人一起做菜，真的很笨」？或者是指「還在思考她想過什麼樣的生活，結果卻是這樣。當初選擇離家出走真的很笨」。

就在竜兒和大河兩人大口吃炒飯的廚房餐桌上——

「……可以看喔。」

「咚咚咚！」跑上二樓的清兒拿來泰子的相簿。從嬰兒時期到幼稚園、小學、國中，第一次看到娃娃臉母親的成長過程。竜兒與大河忍不住看到忘我，沒注意到外面已經天黑。

「唔喔喔……書包……！唔喔喔……直笛……！」

「喂，竜兒。」

「話說回來，臉還是跟現在一樣……！」

在對面看照片的大河用食指戳戳竜兒放在相簿上的手背。她沒有把手收回暖桌裡，而是指向一直從客廳窗戶往外看的高須夫婦。

園子和清兒靜不下來，兩人只是沉默望著昏暗到什麼也看不見的院子，等待泰子回來。

「……如果泰泰沒回來怎麼辦……？」

大河把臉靠近竜兒，壓低聲音問道。

「……等到她回來為止。等不到就出去找，找到為止。」

竜兒也以只有大河聽得到的沙啞聲音在她耳邊回答。大河不知是否姑且同意這個答案，邊磨擦似乎有點癢的耳朵邊看向相簿。國中時期有許多體育服和便服的照片，上了高中的照片卻沒幾張，這讓竜兒感到惆悵。

剛才回應大河的答案並不正確。

竜兒很清楚。泰子不會回來這裡，他必須和大河一直等待，最後出去找人——但要是這樣做，竜兒的希望不會實現，這樣人數不夠，無法坐滿「大河世界」的座位。

近乎違規地傳了那封假簡訊……做了不該做的事。竜兒當然也希望採取更乾淨、沒有任何人會自責的方式。

問題是時間不允許他這麼做。

擺在餐桌上的手錶顯示，現在早已超過晚餐時間。時間前進得太過快速，身體逐漸成長，期望的世界仍然遙遠，竜兒不禁感到焦慮。明明希望一切順利，也希望紮實地前進，到頭來還是只能慌張猜測、修補。

這麼做之後，在未來某天是不是就能以自己也能接受的速度、按照自己的步調度日呢？

「……不安？」

「……為什麼這麼問？沒有那回事。」

大河刻意用雙手撐著臉頰，掩飾自己的嘴巴。她不曉得從什麼時候開始便一直盯著竜兒的臉。竜兒回了一句：「不會有事的。」

「……嗯……」

大河閉上眼睛輕輕搖晃脖子，長嘆一口氣。

「啾！」

大河丟出飛吻。

竜兒迅速側頭躲開。大河接著啾啾啾連續飛吻，竜兒也左閃右躲一一避開。

「可惡——第一發飛到那邊、第二發這邊、第三發那邊，最後一發在那邊。」

大河手指天花板、牆壁、餐桌上，然後是客廳暖桌，發出「呵呵呵！」開心的笑聲：

「不過躲開或許是正確的。剛剛那些可不是免費，啾一次三〇〇〇圓。」

「居然要收錢。而且有夠貴的！」

「但是！全部收集有獎金一〇〇〇〇圓喔！」

「拿得到嗎？」

「然後追加費用……」

「還有啊！」

「全額由Japanet高須負擔！」（註：模仿日本知名電視購物公司Japanet Takata）

「啊啊，原來是Japa……結果還是我啊！」

竜兒舉起右手準備給她的腦門一記反擊。大河則是挑釁地送上髮旋——敢動手你就試試看啊！就在這時。

竜兒反射動作轉頭看往玄關。

他記得在哪裡聽過這個隱約聽見的聲音。竜兒不禁起身，大河一臉不解地仰望竜兒。

「是泰子。」

園子和清兒也驚訝地看向竜兒的臉。「你聽見什麼了嗎？」「不，我……」竜兒能夠聽見，他很確定那個懷念的聲音愈來愈靠近。

那是穿著高跟鞋搖搖晃晃，全力奔走在柏油路上的高亢腳步聲。一直以來，竜兒不管是在托兒所、幼稚園、安親班、家裡，只要聽到這個聲音就會從玩具裡、書裡抬頭跑出去。他此刻也快要忍不住踢開椅子朝玄關的方向……不行。竜兒坐回座墊開口：

「那是泰子的腳步聲，我想你們可以去玄關迎接她。」

「親愛的……！」

園子發出有如哀號的聲音，看向清兒的臉。清兒也瞬間僵住，夫婦兩人看著彼此，甚至忘了呼吸，知道靠近的腳步聲主人毫不猶豫打開門之後，他們頭也不回地朝走廊跑去。

「你也快去！」

「不，我們等一下再說。畢竟他們等了十八年，打擾他們團聚不太好。」

竜兒對著大河如此說道，喉嚨發熱彷彿吞下火焰。這的確是真心話，不過還有一半的原因是竜兒害怕見到泰子。

昨天對養育自己長大的泰子說的那番話，此刻仍然在耳邊迴旋。如果沒有生下我就好了——泰子為了竜兒捨棄自己的人生，這樣是不對的。妳很失敗，我的存在也是一場失敗——竜兒完全否定這一切，因為泰子硬是單方面控制竜兒的未來，強迫兒子竜兒去做泰子自己做不到的事，也就是遵照父母的指示生活，泰子企圖以家長身分湮滅自己身為人女時的罪證。泰子認為罪證必須湮滅、必須付出代價，這樣一來自己和竜兒才能擁有幸福人生。

這不就證明她認為生下竜兒是種罪過？不就證明她很後悔？竜兒想要大聲指責泰子「別憑一己之私控制我的人生」、想要用簡單一句話「每個人到了十七歲都會這麼做」來反駁，但是卻重重傷害泰子。

現在的他有不同的想法。

還能重修舊好嗎？

包括十八年前到現在的所有事情，現在存在的一切能夠獲得肯定嗎？

「竜兒——」

也能夠連同大河的份一起，毫不保留地喜歡嗎？

「不好了——」

「……不管好不好，我都要做。我全部都想要。有誰敢說期望不好？不用犧牲或大毀滅，我要所有的——」

「不好了，泰泰——」

「我要……咦？」

「泰泰沒有從玄關進來——」

竜兒轉頭看向大河一臉驚愕指出的方向。客廳的落地窗被人用力打開，連玻璃都在搖晃。「咦！」「人不見了！」只聽見玄關傳來夫婦兩人的聲音。

泰子脫掉高跟鞋，踏進娘家的客廳。

睜大的眼睛配合氣喘吁吁的身體晃動，臉上一陣紅一陣白地看著竜兒。

身上沒有酒臭味，頭上也沒有爆炸頭，只不過洗完澡之後可能沒用吹風機吹乾。因為燙髮受損的金色長髮，現正一束一束貼在蒼白的臉頰上。泰子又往前踏了一步，脫下的高跟鞋落在水泥地上發出聲響。身穿與高跟鞋不搭、竜兒國中時代的綠色運動服，外面披著黑色羽絨夾克的泰子緩緩走近。

「泰、泰子！泰子……！」

「泰子——！」

從玄關回來的高須夫婦連滾帶爬地繞過暖桌，想要抱住泰子。

「小、小、小、竜、小竜……哪、哪哪、哪裡、受傷、了——」

但是他們無法觸摸泰子的手，只能愣在原地。泰子有如快凍死的人不停發抖。

旁人一看就知道泰子的膝蓋與全身劇烈顫抖。她看著竜兒，似乎無法順利開口。她以打顫的手掩著想說話的嘴，口中只能像是抽筋一樣「呼！呼！呼！」大口吐氣。

竜兒看見她圓睜雙眼的睫毛是濕的。

在那對眼睛前面，竜兒無法動彈。即使大河代替他開口，他也只能用彷彿被木栓塞住的耳朵聆聽。

「泰泰……對不起……」

我到底做了什麼。

「……對不起，我們是騙妳的……對不起……」

「泰子！」

泰子似乎沒注意到園子下定決心伸出的手，跳過來的她差點踢翻暖桌，一口氣來到竜兒面前，接著舉起右手。竜兒以為自己即將挨打，等待臉頰上的衝擊。

然而那隻手只是撫摸臉頰。

接著包覆竜兒的臉。

「我——」

用手撫摸下巴，手指溫暖他的耳朵。不在乎張開的嘴唇，她一心確認竜兒的臉。接著摸摸穿著制服的肩膀，把手伸到竜兒背後：

「——我不知道自己究竟該怎麼辦才好。」

泰子想要抱住竜兒卻使不出力。看著她的竜兒腦袋一片空白，只能說聲：

「……對不起……」

他連支撐癱坐的母親都辦不到。

泰子坐在客廳地上嚎啕大哭，彷彿剛出生的嬰兒、彷彿快被殺掉的野獸放聲痛哭，嘴巴張得老大，沒辦法擦拭雙眼流出的淚水。然後發狂似地不斷大叫：沒事就好、沒事就好。

清兒走近泰子——

「振作點！」

給她一巴掌讓她恢復清醒。

「妳是作母親的吧！」

泰、泰、泰——泰子顫聲仰望竜兒，似乎想說泰泰……

「沒、資格、當、母親。」

看著竜兒的圓睜眼睛裡，再度湧出新的淚水：

「我害小竜有那些想法。我沒資格當母親。只是希望……他能幸福，可是、做不到……我沒有那麼想……！那、那麼……！」

泰子拚命搖頭，企圖好好開口：

「……如果小竜沒有出生，泰泰就一無所有了！小竜是、泰泰的、幸福人生的、全部啊！所以……泰泰害怕啊——！」

園子和清兒彷彿早就知道泰子想說什麼，沉默聽著拚命啜泣的泰子努力說出的話。

「泰泰一直害怕小竜某天會像泰泰一樣離開，一直一直，從小竜還是嬰兒時就擔心你總有一天會消失，害怕得不知道該怎麼辦！泰泰知道自己拋棄爸爸媽媽一定會受到處罰！直到小竜出生，我才了解自己做出這麼過分、這麼悲慘的事……所以當小竜想離開、泰泰阻止不了的時刻終於來臨時，泰泰無法面對、沒辦法面對、承受不了……！所以泰泰逃走了……！泰泰只知道逃走……這個辦法……」

竜兒也只是靜靜聽著。

泰子這番話為這個家、這個房間的每個角落染上悲傷。不准、我不准。竜兒咬住嘴唇瞪視那些悲傷。

我已經受夠悲傷了。

「可是泰泰想到必須拜託房東照顧小竜，直到小竜離開為止。結果房東說小竜昨天哭了……又來了！泰泰又做了同樣的事……！又做了同樣過分的事。這時泰泰才明白……所以收到簡訊時，泰泰真的認為這下子一切都結束了——！因為泰泰實在太笨，所以上天要把一切

拿走……用這種方式結束……泰泰真的這麼想——！」

「……我還活著！」

竜兒避免受到泰子影響跟著哭泣，所以用力說道。他抓住跪在地上的泰子肩膀，重重吐氣試圖嚇阻悲傷滲入四周。不需要再有人離家出走，任何人都不需要。

「我出生！然後我活著！接著怎麼辦！妳還想要什麼其他的嗎！」

泰子彷彿看到第一次見面的人似的睜大眼睛，滿是淚水的嘴唇顫抖說道：

「還要什麼……？其他的……？」

她重複這句話，似乎覺得竜兒的問題不可思議。

「……生下小竜、小竜好好活著，然後泰泰就會幸福……然後……其他就是……這份幸福……一、一直……一直持續下去……」

「那就繼續，一起讓它繼續。」

竜兒對泰子點頭，並且牽起大河的手：

「不過這傢伙會和我們一起——永遠，一輩子。」

「大河妹妹——」

泰子屏住呼吸繼續顫抖，最後粗魯抱住蹲下的大河腦袋。接下來不用多說什麼，泰子也抓住竜兒的手臂再次哭泣。不管怎麼哭淚水都流不完，不過若是悲傷想趁此時侵入，竜兒絕對會在它一湧現時便徹底擊潰。

「——泰泰也考慮過大河妹妹的事。」

泰子哭泣的臉龐埋進大河的小腦袋裡，頻頻撫摸她的頭髮：

「大河妹妹也跑到泰泰的手伸不到的地方了吧。大河妹妹遇到許多痛苦、難受的事吧。早知道就不要把大河妹妹看得那麼重要，畢竟泰泰沒辦法開口叫妳不要走！無論如何都辦不到！可是，當小竜離開泰泰時，如果你們兩個在一起……就算沒有泰泰的份，小竜和大河妹妹總有一天會得到救贖、不會被拋下。」

「別擔心。竜兒會得救，我也會得救，泰泰當然也會得救。所有人都會——竜兒是這麼說的，我也這麼認為。」

兩人交換只有她們才懂的對話，然後泰子不斷對大河重複同一句話：謝謝。

「……為什麼？什麼事要道謝？」

「所有事情，妳來到我身邊、來到我們家、喜歡小竜、和泰泰相遇。還有對大河妹妹的爸爸和媽媽……所有人、所有人，泰泰都要道謝。」

「妳不把自己的爸媽當一回事嗎？」

在兒子的吐嘈下，泰子總算注意到這件事，並且環顧自己所在的地方。她吸吸鼻子、擦拭哭得浮腫的眼睛，終於看到園子和清兒。

「……奇怪？」

唉～～～～～～～～～～～～～～！園子和竜兒同時吐出有如龍捲風的嘆息。有什麼好奇怪的！他們的想法多半一樣。

可是——

「已經……沒關係了。沒事沒事，已經沒事了。」

園子原本挺直的背部突然放鬆彎下，縮縮肩膀說道：

「妳一直和竜兒兩人住在一起？一直是這樣嗎？」

泰子猶豫了一會兒，然後用力點頭回應。園子、清兒和竜兒都沒有再追問。

這件事到此結束。

愛人的心若是自由，就算現在傳達不到也沒關係。傳達不到的地方、傳達不到的事實，這些就是「全部」。

「……真虧妳回得來。妳終於願意回來了……很遠吧？太好了。大家平安無事回來，媽媽很幸福。」

總之先弄點東西給她吃吧——明明剛吃過炒飯，不過一聽到清兒這番話，大河的眼睛便不由得閃閃發光。

5

感覺到隔著階梯的客房房門稍微打開，竜兒也爬出棉被。不發出聲音輕輕打開門，跪在門裡探頭看向位置愈低溫度愈冷的走廊。

大河也以同樣的姿勢看著竜兒，似乎一直在等待竜兒打開房門。

「……好冷，睡不著。」

她用手遮著嘴巴小聲說道。

「……暖氣呢？我這邊是電暖器。」

「開了……可是因為這個冷冰冰。」

大河稍微聳肩，伸手抓起長髮——竜兒一看就知道頭髮仍然帶著濕氣。看來她在洗完澡之後沒有完全吹乾。

「雖然借了吹風機，可是要弄到全乾相當花時間，我也不好意思一直占用浴室，所以只吹到半乾。」

「……吃了三碗飯的人，只有在這種時候突然客氣起來……」

「是啊，因為人家天性善良……」

大河雙手交叉抓住濕髮，陶醉地垂下眼睛，擺出聖像畫裡的聖人姿勢。總之竜兒當成沒看到，豎起耳朵傾聽樓下的情況。泰子和園子、清兒還待在客廳，只能偶爾隱約聽到有如在寂靜深夜裡掉落的彈珠一般的聲音，聽不見對話內容。

「……他們在聊什麼？」

大河沉默了一陣子，也跟著望著樓梯下方。

「應該有不少話要聊吧？畢竟十八年沒見了。」

「剛才我們說要先睡時，泰子的表情——」

「……嗯噗！」聽到竜兒的話，大河忍不住笑了。竜兒的嘴唇也在不斷抽動。

咦咦咦……你們要睡了……泰泰也一起上去吧……總覺得搞不好等一下會被狠狠痛罵一頓……哇啊～～爸爸好像準備什麼恐怖的東西……在一臉緊繃的泰子身後，清兒手拿五號鐵桿。基於產品責任法，我要用這隻手好好教訓蠢蛋女兒！當然不是，他只是想把隨手放在客廳的高爾夫球桿收起來。但是——

「話說回來，前一陣子我就注意到泰泰和你很像，剛剛又發現外公和你也很像。將來會變成那樣啊？太好了……我指的是頭頂。」

大河伸手指著自己茂密的頭髮。

「我也希望那樣……是嗎？我本來覺得自己和泰子完全不像。」

「所以才說是意外。基礎臉型雖然是『那位』——」

大河說到這裡突然停住，閉起原本因為溫柔笑容而放鬆的嘴唇，觀察一下竜兒的臉，想要確認該不該說下去。說啊——竜兒以眨眼的動作叫她繼續。大河壓住差點升高的語調繼續說道：

「——結果關於你爸爸的事，還是一樣不清楚。」

「是啊。」

「這樣好嗎……？你不想知道嗎？」

「只是純粹好奇罷了。」

竜兒身穿借來的睡衣抱著膝蓋，靠著門的角落，小心翼翼降低音量，不讓樓下聽到：

「我好奇離家出走並且拍出那張照片的兩人為何分開。可是我覺得……父親不在的這個事實，會不會是泰子『選擇』的結果？如果她現在依然不斷找尋、想要見他就另當別論，問題是她沒有。」

竜兒認為或許再過幾年，就能開口詢問泰子那個人為什麼沒有一直待在我們身邊。現在無法立刻開口，是因為新的人生階段才剛開始。大河也以同樣姿勢坐在走廊另一側，凝視自己的腳尖。竜兒則是把冰冷的下巴擺在交握的手背上。

他認為仍在蹣跚學步的自己，無法理解父親與母親的選擇，因此目前只是將眼前的事實照單全收。

事實上，在這個「世界」——竜兒夢想中的大餐桌旁有父親的身影。雖然是十八年前消失時的模樣，不過確實存在。他無法當作父親不存在，自己此刻能夠擁有這條生命，就足以對這個世界證明父親的存在。

最好的證明就是我——竜兒如此心想。我接受自己世界的一切，這就是高須竜兒，就是這個名字的生命。他抬起視線看向大河雪白的臉。

身體縮起的大河長髮垂地，臉頰靠著膝蓋，看著竜兒的大眼睛炯炯有神。

「……你真的不恨父親、不恨泰泰嗎？」

她的音量雖小，卻清楚傳進竜兒耳裡，溫柔拂過之後融化消失。

兩人的呼吸在夜晚的冷空氣裡交疊。

「我想了很多。」

竜兒曾經近乎無意識地數著自己必須承受的傷口。錢、升學，還有未來的事。小時候面對的無心傷害、因為「不同」而突然遇到的輕蔑與疏離、知道竜兒的出身與泰子的職業時，大人們充滿警戒的眼神、知道他人是如此看待高須竜兒的自己、絕對饒不了的流言——竜兒回想過去的種種，彷彿在確認傷口。

有些已經治癒，有些還沒。有些還在滲血，有些不合理、有些無能為力而放棄，有些甚至和父母、出生無關。有些張開的傷口來自於沒人希望發生的誤會，以及情感認知的差異。因為這些事實，使得以這副血肉之軀活在每個現實日子的竜兒身上，留下大大小小的傷口。

自己能夠決定自我靈魂的位子，卻動不了這個世上多數人的靈魂。有些人希望受到傷害，有些時候無法避免傷害。這就是現實，這就是人類。竜兒自己也是活在現實的人類，因此無論多麼小心，仍會不知不覺傷害某個人。竜兒也不敢斷言自己從來不曾想要揮刀傷人。

他再次體認自我希望的遠大。接納自己存在於這裡的一切，包括傷口的痛與傷害他人的自己有多麼醜惡，然後為此感到欣喜，這麼做果然很困難。

「可是，唉……幸好有妳。」

「我……？真的嗎？」

點頭的竜兒沉默了一陣子。大河看向竜兒的臉，臉頰埋進抱著的膝蓋裡，眼神彷彿想哭又想笑，十分不可思議。她以指尖劃過薔薇色的柔軟雙唇：

「你是這樣看待我嗎？」

竜兒心想：是啊。

無論多困難、多遙遠，只有一件事怎麼樣都要做到。

靈魂搬運跨越嚴峻現實的肉體與內心，在靈魂深處有個東西沒有任何力量能及、絕不會遭受破壞，除了竜兒之外，再也沒有其他人能碰觸。那東西類似凝視自己愛人與被愛的眼睛。每次站到它面前總會低下頭，發誓絕不背叛。眼睛看著我的姿態、我的行動、我的想法在心裡奠基，繼續「弄懂」我自身的存在，以及我存在這裡的方式。

我想眼睛看到的，就是我的世界。

竜兒相信大河心裡，應該也有只有她才能立下基礎的東西，他希望大河知道這件事。因此竜兒想讓大河看看他奠基的那個東西，以及為了讓那東西存在而選擇的「做法」。

坐在冰冷走廊的微弱燈光下，大河沒有繼續追問，只是看著落在竜兒腳邊的淺影。

「……妳才是不再恨那個大叔了嗎？他可是擅自攪亂妳的人生。另外還有親生母親、後母、親生母親的再婚對象、新的弟弟或妹妹。妳的情況比較複雜，妳又是怎麼想的？」

「我——」

竜兒像是祈願一般，注視突然噤聲的淡色嘴唇。可是大河沒有說話，輕輕略過竜兒的祈願、想像、期待等諸如此類的一切，搖曳的視線落在遠方。

大河一個人看著某個地方。

抬起尖下巴，眼睛發出光芒，以正面挑釁的態度面對眼前寬廣的世界。

她的眼神究竟在看什麼？看的東西有多麼廣大？在大河的世界裡，有什麼樣的星星在發光？過著什麼樣的季節？吹著什麼樣的風？竜兒很想知道、很想看到、想和她站在同樣的地方、想要待在她身邊。

各自存在的肉體，以及怎麼樣也無法合而為一的兩個靈魂，該如何才能盡可能來到最接近彼此的地方？兩人的世界如何能夠交集？

「……可以過去你那邊嗎？電暖器比較溫暖。」

大河的視線回到竜兒身上，彷彿在回答竜兒的問題。她摩擦自己的小手呼了口氣，以發抖的聲音說聲：太冷了。

「嗯，去關暖氣。」

大河的身影消失在昏暗房間裡——嗶！竜兒聽見關閉暖氣電源的微弱聲響。大概是因為光腳走在冰冷的走廊地板實在太冷，大河一邊壓低腳步聲，一邊躡手躡腳以跳躍的動作進入為了竜兒與泰子準備的房間，然後輕輕關上房門。

「啊，還是這間房間比較暖和……」

大河不由得放鬆肩膀。

房間只靠電暖器的橘色燈光照亮，大河因為房間的暖意呼了口氣。

「……別一直盯著這裡。」

大河突然想到什麼，伸手按住借來的睡衣胸口。有如摺扇疊在一起的手、微妙彎曲的腰部、稍微抬頭向上望的動作……妳是哪裡來的婢女？竜兒原本想要吐嘈，最後還是忍著，只是簡單問道：為什麼？

「尺寸太大了。人家很在意胸口空空的感覺。」

「啊——妳還真是可憐。快點打起精神用電暖器弄乾頭髮吧。」

「……總覺得突然有點火大，可是吵起來樓下會聽到，這次先放過你。你可別忘了，一輩子都別忘了。」

大河狠狠斜眼瞪視竜兒，雙手緊緊壓住胸口走過房間，來到擺在距離竜兒與泰子兩張睡鋪有段距離的電暖器前坐下，把手伸向熱源。深橘色光芒淡淡照亮關燈的房間。「啊……復活了……不准忘記！」又再度瞪向竜兒。

隨便妳隨便妳——竜兒在自己的睡鋪上伸直雙腿，凝視自己形狀有點醜的腳趾甲，吐出滿腔氣息與緊張。今晚絕對不能再靠近。光是這個距離、共處這間密室、相互凝視就夠恐怖了。被瞪是他求之不得的事。

說真的——光是傳到耳朵裡的氣息，就足以燒焦自己的腦漿、令人發狂。

因為喜歡的女孩就在眼前。

整顆心彷彿坐上雲霄飛車繞來繞去，終於到達「現在」。就在眼前的大河、微微搖曳的一撮頭髮、嬌小的肩膀、浮現骨頭形狀的雪白手腕，都能挑動竜兒全身的感覺。竜兒的視線無論如何都緊緊跟著她，感覺似乎可以聞到她的香氣，大河所在的左邊好溫暖——是因為電暖器在那邊的關係吧。

自己曾經有過這麼想接觸別人身體的時候嗎？他的要求很簡單——想更進一步靠近大河、想更了解大河、想把更多想法告訴她，說起來只有這些慾望，實在想像不到僅是這樣就能掀起體內如此激烈的反應。

可是如果真的伸出手，竜兒明白一切將會就此結束。自己也不知道隨意踏出一步會跌到什麼地方，就像站在懸崖旁邊。上次也曾經站在同樣地方。想要再一次跌下橋、摔進連心臟也會凍結的冰水裡嗎？

竜兒以若無其事的態度遮住耳朵，以不知情的表情放鬆脖子轉頭。實際上要轉開視線相當困難。他忽略快要發抖的背脊，甚至想吹口哨……以前在一起就沒事。當時到底是怎麼度過每一天的？此刻的竜兒怎樣也想不起來。以前——具體來說是指什麼時候呢？現在的他就連這一點也不知道。

視線角落坐在電暖器前的大河將長髮垂在身前，緩緩用手指梳弄。在白皙手指的撥弄下，竜兒覺得頭髮柔軟到像是快要滴落的融化蜂蜜。在鼻尖前方的瀏海縫隙，臉頰輪廓在暖爐照射下映著光芒。外公外婆正在相隔一片地板的樓下。竜兒再度環顧四周，這間似乎是泰子過去的房間——家具和依然掛在那裡的制服、便服等等，所有東西都有母親和過去生活的影子。

即使心意相通，禁忌仍是禁忌。只是有些事愈是禁止愈想碰觸。

「竜兒。」

「喔！啊！是！」

「……你太大聲了……幫我把溫度調高一點，我不會調。」

面對電暖器的大河沒有看向竜兒。

竜兒也沒有回應，只是靠近電暖器、靠近大河。

把電暖器溫度調高的人可以怎麼做……如果只是握手，她應該會接受吧？

能夠擁抱嗎？

朋友之間也會這麼做吧？

對吧。等到被拒絕再說。希望她不會認為我是不知分寸的混蛋。

……如果是真心想要觸碰。

以身體接觸的程度滿足好奇，只要這樣就能滿足——竜兒伸出手。

「……應該是這邊吧。」

——按下畫有向上三角形記號的簡單按鈕。嗶、嗶。按幾次就響幾聲，電熱管因此變得更加明亮，變成火焰的亮度。迎面傳到皮膚的暖意迅速增強。

「……會不會太強？」

「這樣剛好。啊啊，好暖和……」

「別把頭髮燒焦了。」

「我再怎麼笨，也不會笨到……嗯？」

大河抓著髮尾拿到鼻子前面聞了一下。

「不會笨到把頭髮燒焦。」

如何——！她莫名得意地抬頭挺胸，把臉湊近竜兒。

「……別太靠近我。」

竜兒皺起眉頭，臉從正中間裂開，冒出外星小孩……當然不是，他只是露出威脅恐嚇的表情。他以與大河同樣的角度後仰迴避，保持三十公分的距離。

「這是什麼意思？為什麼說那種話？」

因為現在光是觸碰不能滿足我……我當然不可能說出這種話。也不打算說是因為長輩在樓下。總之做什麼都無法滿足，我對大河的渴望深不見底。

不夠。

全部不夠。果然不夠。

就算全部知道，愛上全部，最重要的時間依然不夠，還有自己的力量不夠。一天只有二十四小時，一年只有三六五天，一輩子大不了八十年。這一夜也只剩下幾個小時。竜兒只是普通小鬼，什麼都不夠的他只能焦慮與痛苦掙扎。如此而已。

「……無論如何、不管怎麼樣，這條線是我和妳的界線。」

此刻更是手足無措。

竜兒用手指在坐著的兩人之間畫條線，正好通過中間的地毯接縫。絕對不容跨越！竜兒甚至轉換性別，露出鬼婆婆的表情。

「……越過會怎麼樣？」

「會有眼睛看不見的衛兵拿槍打爆妳的頭，讓妳噴出腦漿。」

「我不是那個意思……會怎麼樣？」

大河身穿借來的睡衣跪坐在電暖器前，眼睛緊盯手指爬梳的髮尾。落在那張側臉上的睫毛影子，不斷撞擊竜兒的心。妳怎麼可以這麼冷靜！竜兒甚至開始感到怨恨。結果大河這個女生真的什麼也不懂，她的心情似乎與在2DK裡一樣，能夠毫無防備說睡就睡。

如果真是這樣——

「嗯……我是不會越過啦。」

如果真的越過，你想對我怎麼樣——

「如果我真的想越過那條線，如果我真的下定決心……不管你怎麼哭、怎麼叫，我都不會放你走。」

「……妳……」

——這個混蛋！不，是惡魔！錯，是掌中老虎。

「可是被看不見的衛兵打爆頭，我也很傷腦筋。再說讓你清理我的腦漿也太可憐了……對不對？」

「……」

竜兒發不出聲音。

大河嘲弄的視線與熱度，挑動純情的複雜男人心。這下子簡直就像光腳在鐵板上跳舞。在竜兒跳舞的鐵板下，大河正在煽火，竜兒則是瞪向她——

「怎麼？那個表情想說什麼嗎？」

大河粗魯地盤起腿，雙腳腳底靠在一起，像個不倒翁搖來晃去。她故意睜大眼睛，噘起嘴巴說道：「我完全不懂你想說什麼，真是沒資格當你的妹、廢、未婚妻啊～～」又像外國人一樣縮縮脖子。竜兒心想：我可不覺得「真是遺憾」好嗎？

既然言語說不過她，竜兒使出遠距離攻擊武器——一隻手很有男子氣概地按著嘴唇，對準大河的眼睛，「啾！」一聲由門牙縫隙噴出黑曼巴蛇的致死劇毒……才不是，而是學大河之前的動作，臉色難看地送上飛吻。管它樓下有誰，至少這個我還做得到！飛吧飛吧，一次五〇〇〇圓！竜兒雖然握拳——

「這種程度！在我看來根本沒飛過來！」

用打蚊子的動作打下飛吻。

「喔！好、好慘……！」

「『喔！好、好慘……！』」

「……我的下巴哪有那麼長。」

「你真的是得意忘形……」

大河以充滿惡意的動作突出下巴，無奈地攤開雙手，並且搖搖頭。

「妳說什麼！」

「居然連飛吻的聲音都不會。唉……沒想到你這麼不怕丟臉，竟敢學我……」

「喔喔喔……妳！是妳先……！算了！」

想要回嘴卻說不出話來，竜兒轉頭不看大河，只說了一句：「我要睡了。」便背對大河鑽進被窩裡閉上眼睛。

「唉呀呀，生氣了。人家只是開玩笑的，你居然在鬧彆扭。」

「……」

「竜兒。竜——兒——」

「……」

「小竜。」

「……別那樣叫。」

「那個……泰泰的事，真是太好了。」

「……」

「你的事也……太好了。」

竜兒仍然堅持閉上眼睛，腳邊傳來大河的氣息，因此他縮著身體。

「……我也是，太好了……我覺得真的很好，自己似乎能夠這麼想了。泰泰對我這種人說謝謝……然後我對你、對竜兒真的……」

大河的聲音沙啞，輪廓突然有如顫抖一般變得朦朧。

「……你真的睡著了？」

竜兒以沉默回應大河的問題。

「如果你睡著就算了。反正我頭髮乾了，也溫暖了……無所謂。」

他感覺到大河站起來，就此踩著棉被邊緣離開。竜兒聽著她的腳步聲，睜開眼睛抬起頭，準備起身追上。

「噗唔！」

咚！突如其來的衝擊令他停止呼吸。

「……睡著的人不可以動。」

「不可以動？妳……好、好難受……！」

「也不可以說話。」

快要窒息的竜兒不停掙扎。

雖然整個人被棉被牢牢壓住，不過竜兒仍然勉強掌握情況——大河加速以全身體重撲在竜兒身上，然後壓著他。這招一般稱為「縱四方固定」，再加上用棉被悶死。

大河用會和呼吸搞混的沙啞聲音輕聲說道：

「……你怎麼可以逃，你在睡覺喔。」

——的確動不了。無法逃走。

大河只有四十公斤吧，飛撲上來的大河整個人抓住竜兒不肯離開。這份直接的覺悟也不允許竜兒掙扎。

「我啊……真的、真的、真的真的真的、真的——」

兩個分別存在的身體。

兩個無論如何也無法合而為一的靈魂。

「喜歡竜兒。」

即使如此，仍然希望盡可能地靠近。

蓋著臉的棉被被往下拉，柔軟的頭髮落在竜兒的臉頰上，額頭與額頭相碰，眉毛靠著眉毛，像在確認弧度。鼻尖貼著鼻尖，低調的吐息交疊，最後隔著洗髮精的香味，火熱的嘴唇與嘴唇靠在一起。大河以全身體重貼在竜兒的唇上，比第一次的吻更熾熱、更餘裕，似乎能夠就此深深沉醉。竜兒在千鈞一髮之際重新穩住快被戀愛熱度融化的身體，拚命睜開眼睛。

我也喜歡妳、喜歡大河——不斷反覆。

同樣的思念，讓人想扭動身子跳起、想就此奔向大地、想變成四隻手四隻腳的怪獸、想擁有同一條生命。可是不同的兩個身體只能互相接近、互相觸碰，焦慮地不得了。焦慮又煩躁，然後只能哭喊、發狂、踩碎滿溢的情緒，這是最簡單的方法。可是現在站在這個距離的話，似乎能夠看到什麼。

兩個獨立的生命將各自擁有的世界合而為一，兩人便能夠再度在新的世界，而且這次是在同一個地方獲得重生。

竜兒和大河想到那裡。

只是這樣，這就是全部，懷抱著全部的他們「現在」就在這裡。

因為他們各自獨立，因為他們無法合二，才會強烈地彼此吸引。在空中揮舞掙扎哭喊受傷，然後以強大的力量相擁。渴望想去的世界，眼睛睜開無數次。

時間與生命又短又有限，而且希望太遠讓人感到焦慮。可是——

「……真的該睡了。」

逐漸成長為大人。

往前邁進、留下痕跡的時光不會回頭，現在逐漸變成過去。

大河用指尖觸摸竜兒的眼皮。竜兒明白大河持續輕輕顫抖的心。在顫抖的同時，她讓竜兒閉上眼睛，按著睫毛說道：

「我也要睡了……晚安。」

怎麼睡得著。

——怎麼可能睡著。

＊＊＊

眼睛沒有睜開。

太陽也還沒完全升起，好冷好冷，這應該是隆冬最後的早晨。

側睡的竜兒在經過一整晚用體溫暖過的被子裡併起雙腿，雙手遮著眼睛。旁邊棉被裡的人應該是泰子。

竜兒透過聲音與氣息，清楚知道大河輕輕打開門，站在門邊。他也知道稍微響起的堅硬聲音，是斜背包包上發出的金屬聲響。

竜兒。大河怯生生地小聲呼喚。

竜兒沒動。

再一次——竜兒。稍微等了一會兒，又清楚喊了一聲，三次呼喊竜兒的名字。大河似乎確定竜兒沒有動靜。

「那麼——我稍微離開一下。」

地板發出微弱的吱嘎聲，門靜靜關上。她緩緩走下樓梯，將鞋子拿到玄關地磚上，穿上鞋子打開門。

門打開了。

這樣就好。

這個城鎮真是安靜。

竜兒的耳朵好一陣子都能聽見在冷到快讓人凍僵的天空下，逐漸離去的腳步聲。

那個腳步聲一開始還有些猶豫，最後終於一步步像是確認一般，恢復平常的速度跑去。鞋底用力踏在柏油路上的紮實聲音逐漸遠去。

聽不見了。

竜兒在棉被裡沒動。

眼睛也閉著沒睜開。

「這、這是——」

率先從被窩裡跳起來的人是泰子。

「……小竜！這樣真的好嗎……？」

這樣就好。

竜兒很想這麼回答。

可是他說不出來。明知道這樣就好，卻連眼睛也睜不開。

大河必須回到父母身邊。

因為大河愛他們。

不用離家出走。

大河試著割捨父母。表現愛意就會招致毀滅——大河害怕這一點，所以至今都不敢追求什麼。大河付出的愛與得到的愛完全不成比例，她更因此而哭泣。自己的愛得不到同等回報、自己的價值只有那麼一點，這些都讓大河厭惡自己，因此她不允許渺小的自己擁有遠大夢想。大河一直遭到束縛。如果希求不被允許的愛，最後會遭到天譴、代價是失去東西、會身受重傷——這些恐懼持續束縛她。

可是現在不一樣。

大河的手腳自由了，已經獲得解放，能夠奔往任何地方。

她應該明白即使想愛什麼東西、愛什麼人，也再沒有東西能被奪走。大河以自由的心，全心愛著她生活的這個世界。她應該明白比起愛其他人、其他東西，最先愛的是自己、應該了解可以想要擁有一切、應該知道再也沒有所謂的捨棄或奪取、應該已經能夠懷抱一切，甚至是傷口一起走。

所以這樣——

「……小竜……」

這樣就好。她已經懂了。

現在能夠清楚回答哽咽的泰子。竜兒從棉被裡起身睜開眼睛，吸一口氣抬起臉，看著這個世界。

認清大河已經不在的「現在」。

認清自己坐在景物羅列的冬天早晨、坐在這個現實中央。即使他真的想說「這樣就好」、想自認「這樣就好」……

「大……」

在這個世界上孤伶伶一個人。

孤伶伶的竜兒——一個人活著。

大河不在了。

什麼也說不出來，怎麼也叫不出口，四分五裂，爆炸了。抹上一片白色之後爆出火花的眼皮內側，一大堆想法四處亂竄，驚人的能量炸開心臟。「啊啊啊……」發出呻吟，一切果然全毀了。不行，這樣、這樣、這樣——

「小竜！」

竜兒的肩膀被人用力抓住，竜兒看著泰子的臉。眼淚就像噴泉落在通紅的臉上，痛苦地蹙眉喘息。破裂世界的碎片由四面八方降臨，發抖的自己倒豎著頭髮置身其中，湧上的想法好像快爆發——竜兒認為這就是自己現在的臉。

不行。

竜兒踢開棉被跑出去。

身穿睡衣的竜兒幾乎是滾下樓梯，光著腳來到玄關。他推開大河離開的那扇門，一口氣奔向門外的世界，一個人奔向新的孤獨。

周圍路上看不到任何人，只有竜兒一個人以顫抖的手拚命按著嘴巴。那句差點說出口的話、差點喊出的名字——必須忍住。竜兒使盡全力咬住嘴唇。可是阻擋不了這個身體，刺骨寒風吹拂，像是要割裂竜兒的皮膚。冬天的太陽尚未完全升起，天空籠罩沉重苦悶的寒意。

心靈、肉體與靈魂遭到撕裂。再繼續下去會化成碎片。

身體出走，內心也出走，靈魂喊著別走。身體想停止，心卻停不下來。阻止不了吧。竜兒逕自在風中奔跑。

我明白，真的明白，可是淌血的心裡卻在瘋狂呼喊大河。呼喊希望兩人的世界能夠交集。無論距離多遙遠，只要有愛就能相通嗎？可是被奪走的心要不回來。以人類思考無法追上的力量互相靠近、彼此需求、呼喚。即使如此妳還是要走嗎，大河？

甩開這股強大力量，妳還是要跑開嗎？

跑著跑著，跑往遠方。即使如此，總有一天兩人的世界終將交會，能夠一起共度未來的每個日子嗎？

能夠得到那樣的力量嗎？

竜兒胡亂奔跑，拚命擦拭流下臉頰的淚水。他明白追不上，也知道大河是用多大的力氣奔跑。這樣就好——竜兒對自己這麼說，被奪走的心正在哭泣，腳步依然繼續移動。大河已經不在這個城鎮，已經追不上了。

這樣就好。

這個身體裡應該蘊含和她一樣的力量。我應該也擁有深愛大河、也被大河深愛、能夠歡喜接受這個世上一切的力量和堅強。

竜兒的白色氣息，在寒冷寧靜的清晨城鎮裡跳動。

＊＊＊

他們八成是讀了竜兒從電車上傳送出去的簡訊。竜兒與泰子隔了一小段距離，穿過禮拜六空蕩蕩的驗票口。

「……櫛枝……」

利用回家路上的空檔安撫騷動的心情。

在稀疏往來的行人背影裡，実乃梨用棒球帽遮住睡亂的頭髮，身穿羽絨外套與牛仔褲站在那裡。

「我不懂喔。」

發現竜兒之後，実乃梨只說了這麼一句，牙齒緊咬的嘴唇幾乎毫無血色。在她睜大的強烈雙眸前面，竜兒找不出方法好好說明。

大河離開的原因、竜兒讓她走的原因、這樣就好的原因，竜兒該如何正確告訴実乃梨？愈是思考愈是膽怯。雖然明白実乃梨一定懂，但是這種時候的自己總會變得更不會說話、更加笨拙。

和実乃梨隔了一點距離，亞美也在。看來她昨天沒睡。雙手插在外套口袋裡、彎腰駝背，天生的美貌現在一片蒼白。北村從再遠一點的地方走近。他絕對不打算指責，然而眼神卻是明顯充滿不解，看著在場唯一穿著制服的竜兒。

竜兒傳給大家的簡訊中只有簡單寫著：大河回到母親身邊了。應該有更好的寫法，只是竜兒不曉得。大家會一團混亂也是理所當然，因為竜兒他們原本約好大河不會放棄心愛的大家，因此兩人會一起逃、一起回到這裡。他們一直等待，也相信竜兒會和大河一起回來。

竜兒必須一個人說明自己孤身回來的原因。

「……大家都是好朋友吧。」

認識在場所有人的泰子小聲說道。她從運動服口袋拿出鑰匙包，拆下大河交給她保管的大樓備份鑰匙給竜兒。

「大家一起去找大河妹妹。不懂的事，大家試著用自己的眼睛去確認。泰泰必須去接小鸚回家。」

「……小鸚寄放在哪裡？」

「房東家～」

既然如此，我們的方向一樣──竜兒正想開口，泰子卻揮手微笑說聲：「我走了。」泰子或許猜到大部分情況──關於大河已經不在這裡，以及竜兒必須告訴夥伴這些事，所以邁開腳步與孩子保持距離。

接過鑰匙的竜兒抬起頭來。

不管是誰先走出第一步，總之大家邁步前進。

從熟悉的車站大步走向每天經過的那條路，最後大家紛紛不落人後地奔跑。連早就知道大河不在這裡的竜兒也著急地移動雙腿，轉過高須家的下一個轉角、爬上樓梯、進入入口大廳、按下密碼打開自動門。大河說過這裡已經不是逢坂家的財產，會不會今天早上已經換了門鎖？房仲業者會不會已經過來了？

竜兒想像鑰匙可能卡住，不過沒想到鑰匙順利插入門鎖。輕輕發出與大門的厚重外表不相稱的聲音後，大河原本居住的房子門鎖打開了。

推開門，打開玄關的燈，所有人爭先恐後地脫鞋進入屋內。「大河！我們進來囉！」実乃梨期待大河仍在屋裡，於是開口大喊。

「逢坂！」

「老虎，妳在嗎？」

北村和亞美也跟著喊。

「是我！我來了！進來囉！大河！大——」

推開通往客廳的玻璃門，竜兒忍不住停下腳步。在他身後的実乃梨也跟著發不出聲音。

正因為他們清楚大河一個人住時屋內是什麼慘狀，所以此刻的兩人都說不出話。

因為驚訝。

暖氣沒開的寬廣客廳冰冷而充滿寒意。

在無人居住的水晶燈下，單人沙發、小玻璃茶几、白色收納櫃都還留著，仔細用罩子蓋住。歐式廚房、長毛腳踏墊、大河常抱的抱枕等全部一塵不染，每個角落都整整齊齊，徹底打掃乾淨。

実乃梨緩步走進客廳中央之後搖頭，彷彿決定此時此刻要將所有感情擺到一邊、徹底忘記。她像收到指令的機器人打開收納櫃，毫不遲疑地打開其中一個抽屜：

「擺放貴重物品的小包包不在了。」

她抬頭向大家說明：

「是個深藍色搭配粉紅色的直條紋扁包。她總是把存摺、印章、健保卡、護照等東西擺進去放在這裡。她說這樣火災時能夠方便抓著逃走。不過現在不在了。」

毅然關上收納櫃，她拉開霧玻璃門踏入寢室，將床上的罩子拉到枕頭上，看著毫無皺摺的床鋪。闔上的筆記型電腦擺在書桌上，老是亂糟糟纏在一起、讓竜兒很興奮的電線和網路線也已經拔除，以綁頭髮的髮圈束好擱在桌上。

打開衣櫃，実乃梨瞬間說不出話來。

「……制服，還在。」

她的背在發抖。

「老虎，妳打算這樣消失嗎……？」

站在寢室門口的亞美以茫然的模樣自言自語。她的聲音悲傷迴響在寂靜寬廣的房間裡。

実乃梨轉頭仰望竜兒的臉，一個人深呼吸。竜兒只是看著実乃梨肩膀起伏。

「這、這樣……這個、高須同學、這是……」

必須回答才行——竜兒在心裡做好決定。

「這樣好嗎……？」

「這樣就好。」

「哪裡好了！」

「這樣就好！」

這樣就好！又不是誰大聲誰就贏，竜兒仍然大聲呼喊，不輸給実乃梨有如哀號的聲音，也不輸給自己的心，用盡力氣這麼大喊：

「我認為大河就這麼離開，這樣就好！」

「你不難過嗎？」

怎麼可能不難過？

「不難過！」

我難過得不得了。

「怎麼可能！」

「櫛枝，冷靜一點。」

北村由身後抓住渾身發抖的実乃梨肩膀，低聲說道：

「逢坂或許還在附近也說不定，現在或許還來得及。」

「是……是啊。或許還在附近。她說不定以一副什麼事也沒有的樣子在附近閒晃！」

聽到北村與亞美的聲音，実乃梨與竜兒一起轉頭。

「也對。打掃到這個地步，代表她或許整理到剛剛才離開。也許還來得及……對吧！還來得及吧？高須同學！」

「……」

「高須同學！走啊！」

実乃梨、亞美、北村等人跑出剛走過的走廊前往玄關，竜兒也追上他們。

離開入口大廳來到大馬路上。跑在櫸木林蔭道上，竜兒因為滲進肺部的冷空氣而喘息。

搞不好還來得及——

如果還來得及追上那個背影、那個輕飄搖動的長髮、那個翻飛的連身洋裝裙襬，竜兒會跑近伸出手抓住她的肩膀，告訴她不要走、永遠留在我身邊。

如果還來得及以滿心思念攔住大河，將她緊緊擁抱。

「——北村。」

如果能留住她。

「川嶋。」

如果她能不離開。

「櫛枝……櫛枝！」

「放手！高須同學！一起走！去追她！」

「不行，櫛枝！不可以！這樣……就好！」

「為什麼！」

竜兒將勉強抓住的羽絨外套袖子硬是拉近，以自身的體重壓制実乃梨。実乃梨不停掙扎，雙手胡亂揮舞想甩開竜兒的手。竜兒左手抓住北村的手肘和亞美的圍巾一角，當然也不可能放任右手的実乃梨跑開。他全力抓著実乃梨擁有恐怖怪力的纖細手腕。

「為什麼這樣就好？這樣我們就不知道大河去哪裡了啊！這樣哪裡好？你不是說喜歡大河嗎？你不是告訴我已經決定要去的地方了嗎！你不是說決定要兩人一起生活下去嗎！你不是說要得到幸福……為什麼現在變成這樣？為什麼！」

「大河不離家出走！大河不會放棄任何一個人！所以這樣就好！」

馬路上往來的行人因為竜兒的大吼而回頭。即使如此，竜兒仍不放開実乃梨的手腕。不能讓她去。実乃梨的臉上掛著淚水，竜兒大聲說的話，実乃梨因為顫抖而愈來愈聽不清楚。

竜兒仍然用力說道：這樣就好。

竜兒閉上眼睛，對著或許聽不到的大河吶喊：

「大河！上啊！快點！快去！」

如果我還能趕上妳，證明妳必須跑得更快、跑得更遠。無論跑向哪裡，甚至是妳生存的世界盡頭，盡力抓住妳應該擁有的一切吧。

「快去————！」

竜兒以渾身的力量叫喊代替眼淚。

踢飛呼喊大河時顫抖的心臟，睜開閉上的眼睛。

仰望的天空好遠、好耀眼。

真的，這樣就好。

大河早已不見蹤影，早就消失了。這樣就好。

北村拿下眼鏡站在原地掩著臉，扭曲的嘴邊傳出藏不住的低聲嗚咽。亞美斜眼看著北村，咬住嘴唇。她的臉頰、鼻子、喉嚨一片通紅，長睫毛下晶瑩的淚珠滑落下巴。

実乃梨早已失去力氣，癱坐在人行道中央：

「……也就是說……大河拋下我們了嗎？」

「不是。」

竜兒拚命對著她的背影、朋友的背影說道：

「絕對不是那樣。大河不會放棄，她不是那麼軟弱的女生。她絕對會回來。她回到這裡時，你們也絕對要在！」

「不管你怎麼說……難過就是難過。大河不在這裡，我好難過。我滿心的悲傷該怎麼處理？高須同學的悲傷要怎麼處理？」

実乃梨的悲傷無法否定，不管多麼不需要，即使想在悲傷湧現時就將之擊潰，此刻感覺仍然很難受。

可是竜兒沒有轉開視線，而是坦然地站穩腳步面對，甚至想要概括承受每個悲傷。

「難過也沒關係。」

分開的難過——這就是自己和大河現在的關係。

但是心中充滿愛。

悲傷也不要緊。

竜兒一點一滴回想。

櫻花季節結束時，他與大河在混亂的情況下相遇。吵吵鬧鬧千瘡百孔的每個日子都由這裡開始。最後終於無可救藥地互相吸引，從某一刻開始墜入愛河，摔得很難看，還差點以為會死。好不容易起身，心意總算相契合。到了現在，高須竜兒愛著逢坂大河。

只要有愛，聯繫兩人的羈絆絕不會被切斷。只要想聯繫，我相信自己一定沒問題。總有一天這份愛會變成聲音湧出，變成壓抑不了的聲音喊出。我們或許會互喊對方的名字，互相靠近的力量無法抗拒，兩人的身體、內心、靈魂終將在世界的某個角落相遇。如此一來，就如同找到回家的路，竜兒和大河會朝著同一個方向活下去。如果能夠和大河一起生活、一起走，即使前方沒有終點也無所謂，不斷走下去無所謂，竜兒甚至認為永遠走下去也無所謂。因為這裡有愛。

這是通往歸途的漫長旅程，因此應該滿懷欣喜。無論途中多麼痛苦難受，這一切將會帶來喜悅的成果，所以現在要馬不停蹄向前走。

自己這樣一路走來的日子、此刻站在這裡的這個日子、今後將度過的那些日子，竜兒全都喜愛。大河也會喜愛她那個部分吧。泰子也是、実乃梨也是、亞美也是、北村也是。大家會以自己最大的能力，去愛自己的人生。

絕對能夠再見面——以各自的身體，一路活過各自世界的竜兒與大河，總有一天能將兩個世界強而有力地準確結合。因為他們彼此的世界是如此互相吸引、相互呼喚，如此強烈地渴望彼此。

絕對不會放棄，而是坦率面對。

「……老虎還會想見到我嗎……？」

亞美一邊落淚一邊說，聲音小到快要消失。竜兒以喚回她的聲音的氣勢用力回答：

「妳要想著一定能夠再見面。如果這對妳來說是必要的，就好好傳達出去，以行動來表示。妳的想法，只有妳能夠實現……川嶋也要為了自己加油！」

「我——」

在亞美哭泣的臉龐上，淚水流個不停：

「我想再見到老虎！我希望老虎回來時，我還在這裡！我想和実乃梨變成更好的朋友！我也想和高須同學重修舊好！人家不要絕交！想要當永遠的朋友！和大家在一起真的好開心！人家想和大家在一起！我好喜歡大家……！」

「我、我呢？」

「祐作隨便啦！」

「亞美……！」

実乃梨起身撲向亞美，抱著亞美的腦袋靠過去。実乃梨！亞美邊哭邊大喊，用手抱住実乃梨的背，把臉埋向她的肩膀。兩個自尊高到互不相讓的女孩，現在互相擁抱彼此。她們想著不在場的朋友，不在乎他人的目光放聲大哭。

身為青梅竹馬的北村，也清楚知道戰友的內心想法而加入她們，竜兒從外面抱住三名朋友的肩膀低下頭。四人靠在一起，互相搭著肩膀，站在人行道中央孩子氣地哭個不停。

可是竜兒不禁慶幸，幸好我們擁有各自獨立的身體，才能夠像這樣互相溫暖受傷的身體。因為我們分別誕生、分別成長，之後相遇、戀愛、吵架……然後像「此刻」這樣哭成一團，這是比什麼都少見的奇蹟。

就在內心快被悲傷擊潰沖走的現在，現在存在的一切、存在於這個世界的一切，竜兒全都無比愛惜，無論怎麼叫喊都比不上湧現的愛。

竜兒相信先走一步的大河，她的旅程之中也充滿愛。只是並非所有的愛都能獲得回報。或許會再度遭受背叛、傷害，再度灰心失意。

可是還是要前進，大家都要前進，在各自的道路上活下去。

無論距離多遠，無論路途多遠，竜兒和大河一定能夠再次找到彼此，所以不要緊。因為他們的目的地是同一個地方。

——飛舞在無止盡的天空，竜兒看到雲層底下的美麗世界。在時而鮮明時而殘酷的生物色彩之中，堅強的野獸踢開時間沙塵向前邁進，以充滿四肢的能量，奔跑在她引以為傲的成長土地上。

我是虎。

我是龍。

變成普通的人類互相呼喚，呼應。無論到哪裡、無論在哪裡，咆哮聲都能傳達。

最後龍飛舞的天空少了雲，與老虎吼叫的大地之間不再有聲音的阻隔。

＊＊＊

無論誰怎麼責怪高須同學，老師絕對會保護你。因為老師了解高須同學做的事——

「哇啊！完成了完成了！啪啪啪啪！」

「……」

「整整十張，確實收到。你看，這個資料夾變厚了～！這個等畢業時再送你。母親……呃……高、高須同學為什麼用充滿怨恨的眼神看著老師……？」

這哪裡是怨恨。

「啊、莫非是身體不舒服？」

也沒有不舒服。

「……那個，出了很多事，真是辛苦了……」

只是有點累。

我會保護你──班導是這麼說的。單身班導戀窪百合（30）手上的資料夾真是厚到嚇人。貼在資料夾側面的標題寫著：「2─C高須竜兒．悔過書」。

「不過看的人也是很辛苦。每個週末十頁悔過書，結果寫了幾次？這些是六次的份，另外還有每週一三五的清掃檢討報告……這部分高須同學就寫太多了。明明告訴你只要寫一頁就好，你卻自作主張，每次都寫五六頁。」

「寫那種東西，手就會忍不住興奮起來，沒辦法。」

──惹出那麼大的逃亡風波卻沒有遭到停學處分，這都多虧了戀窪百合在校長、訓導主任、教務主任面前拚命幫忙說話。這不是竜兒的推論，而是竜兒在校長室裡直接聽校長說的。至於竜兒的處罰是每個週末自己一個人待在說教房裡，用作文稿紙寫十頁悔過書，還有每週三次一個人打掃教職員專用廁所。

竜兒老老實實做到了，同時在前幾天的期末考，考出入學以來最好的成績。最擅長的數學甚至超越北村，拿下學年第一名，總排名也比上次考試進步十名，得以進入前幾名。竜兒個人認為這樣算是保住戀窪百合的面子。不過——

「事實上，其他老師很不滿意高須同學的清掃檢討報告……紛紛質疑你到底要花多久時間打掃？而且報告中還清楚寫出掉了幾根頭髮、垃圾桶裡有果汁空罐、那個很髒、這個太邋遢、犯人恐怕是某某老師……諸如此類的內容，簡直就像惡婆婆一樣……搞得大家上廁所都心驚膽戰。」

「老師沒有婆婆吧？」

「……嗯，是根據我的想像說的。也就是印象……憑空想像……」

呵呵呵。戀窪哀怨地笑了，整理好竜兒的悔過書放進資料夾裡，準備之後再好好邊看邊拿紅筆寫下評論：「那個怎樣？」「再想清楚一點！」「說得沒錯。」等等，劈哩啪啦寫評語也是班導的工作。然後把悔過書暫時還給竜兒，讓竜兒針對班導的意見寫下自己的看法，最後再收進資料夾裡。

這個週六早上有課。現在是放學時間。

戀窪用手指翻了一下收到的悔過書。兩人獨處的說教房裡好一陣子充滿沉默。外面的操場可以聽見遠處傳來參加運動社團的女孩子聲音，可能是壘球社吧。竜兒只聽見粗魯又尖銳的聲音喊著：「穩住～～衝～～對！怎樣！唔喔！」竜兒曾經問過実乃梨這句話到底是什麼意思，當時的実乃梨回答：「就是『穩住～～衝～～對！怎樣！唔喔！』呀。」這個世界至今仍然充滿許多謎團。

過了這個星期，就是第三學期的結業式。

「好，悔過書到此全部寫完。高須同學，辛苦了。」

「……不，這是我的錯。老師才辛苦了。抱歉給您添麻煩了。」

「嗯，沒關係。」

高中二年級的生活將在少了大河的情況下結束。

「老師。」

嗯？先一步離開的戀窪轉過頭。竜兒把一張紙遞到她的面前。因為竜兒把紙對折的關係，紙上有一條明顯的折線，竜兒拿著的部分往下垂。

在老師看到內容之前，竜兒有話要說：

「前陣子我曾在這裡寫過這個交給您，不過請把那張作廢。對不起，事到如今了我才認真寫……我先走了！」

竜兒趁著戀窪閱讀自己遞過去的紙時，快步起身開門離開。

「咦……咦？咦咦咦～～？」

「那是我的真心話。」

班導追著竜兒出門，竜兒一面轉身看著班導一面倒著走，同時伸出手指代表：「我是認真的。」竜兒接著面對正面大步前進，轉頭看著班導傷腦筋的臉。怎麼會有那種表情——竜兒忍不住笑了。

「真心話雖然好！可是升學就業調查表不是用來表白這種東西！沒有更閃閃發光、更明亮開朗的未來展望嗎！」

「我的未來展望很閃亮，也很開朗啊。話說回來，『大家』之中也包括老師喔！」

「咦～那我姑且說一聲……謝、謝謝……」

戀窪以微妙的表情說完之後忍不住「噗哈哈～！」笑了出來。竜兒聽著她的笑聲輕快步下樓梯。戀窪目送他的背影，稍微放鬆地說道：「你的未來的確閃閃發亮。因為……」但是馬上又露出大人的表情，收起要說的話。

閃閃發光又明亮開朗，竜兒決定的未來只有一句話——「讓大家幸福！」

竜兒寫上驚嘆號之後，便把單子交出去。

他朝著書包所在的教室走去，心裡也明白戀窪大喊「咦～！」的心情。不過事實上，他現在還無法具體告訴班導自己要報考哪間大學、念什麼科系，或是從事什麼職業。

反正還有一年，沒關係啦。

這樣會不會太天真？會不會過得太悠哉？會不會趕不上大家？可是竜兒好不容易才開始明白世界的寬廣，他還無法決定該如何在這個世界生活。決定不了不是因為錢的關係，不是因為泰子的束縛，也不是受到泰子與雙親和解的影響，更不是因為選擇太少或是什麼都不想選。只是因為竜兒現在還在小心觀察四周、因為比其他朋友更悠哉的他，終於邁步向前。

比今天更前面的未來太過寬廣、遙遠、巨大，讓竜兒感到害怕，但是也顯得閃閃發光、一片明亮——光是想像就覺得快樂。無論用什麼方法都辦得到。竜兒相信決定好的夢想一定能實現。

只要心存這種想法，不論選擇什麼武器或裝備面對這個世界，竜兒都認為沒問題。

如此決定之後執行，只要達成任務即可。所以我希望能再當一下小孩子。允許迷惑的時間不多了吧？這段時間是人生最後可以迷惑的日子吧？所以就讓我快樂地傷腦筋吧。

人生只有現在、只有這個時候能夠奢侈享受。

「嘿嘿喔～～！肚子餓死了～～去吃飯吧～～！」

「你真的把那張交出去了？那張『讓大家幸福！』？」

春田和能登在教室裡面邊吃零食邊等竜兒。「交了交了。」點頭的竜兒抓起洋芋片放進嘴裡。

「真的交了～～不愧是小高高～～！百合說什麼？」

「她只說『咦～～！』。」

嗯哈哈！能登笑了。還留在教室裡的其他人也正好為了其他事情發笑，一時之間教室裡充滿笑聲。

「唉呀，會說『咦～～！』也是很正常。成績那麼好的學生卻交出那種東西。」

「那是小高高的長處嘛！不過我希望小高高開餐廳～～」

「啊、我也是！我也是！最後會變成我們大家三不五時去坐坐的地方。」

「聽起來好像很難賺錢……話說回來，午餐要吃什麼？北村還沒好嗎？」

竜兒看向走廊，心想他八成還在學生會辦公室——

『啊——啊——啊——學生會現在正在測試麥克風。啊，嗯啊……喂！那邊那位和廣播節目無關的你，麻煩不要推我好嗎？』

聽到擴音器突然傳出北村現場播放的聲音，竜兒等人差點摔倒。

能登在一旁為竜兒說明：

「學生會和戲劇社似乎為了下學期的午休廣播節目分配起了爭執。廣播社站在中立立場，他們說接下來會冷靜商談，不過看起來——」

『……唔！唔喔！才不讓……我才不讓步！』

『呀！放手、笨蛋！』

『啊啊啊，倒了倒了，你們住手，那邊是機器呀！』

「冷靜商談……？可是聽起來不像……要不要緊啊？」

咚咻、喀咚——只聽見吵吵鬧鬧的混亂聲音。

『夠了，那個給我……放……手！嘿咻！拿到了！下、下學期的週一、週三、週五中午時間也將繼續播放「失戀大明神」節目，請各位期待你的戀愛加油團！咕……我絕對不讓步！音樂！快點放音樂！請聽……呃！呀啊！』

接著聽到什麼東西倒下的聲音，然後是廣播暫時切斷的聲音。咦咦咦……竜兒忍不住抬頭看向擴音器。

「啊～～！這首歌好像在電視廣告聽過！」

哼哼哼。春田跟著旋律搖晃腦袋。恐怕是為了封殺戲劇社言論而播放的音樂，竜兒也有聽過的印象。他和春田互看一眼，一起輕輕搖頭。就在此時——

「……好久沒去唱歌了，好想去……」

能登提出絕妙的建議。

「好主意～～！走吧，現在就去！」

「走走走。就去車站後面的『俺之聲』吧？」

「唯一選擇！先發個簡訊給大師，叫他晚點一起過來。」

能登馬上背起包包拿出手機，拇指迅速按了幾下：「……大家一起去，你也來吧！」傳簡訊給北村。竜兒和春田一起走出教室，正準備把圍巾圍上脖子——

「今天外面好暖和～小高高，應該用不到圍巾喔？我也熱到想脫掉裡面的連帽T恤收進包包。」

「是喔……怎麼搞的，已經春天了嗎？」

竜兒看向窗外，一路延伸到校門的櫻花林蔭道，似乎籠罩一層淡粉紅色的霧氣。雖然還沒開花，樹上已經有了粉紅色的花蕾。

「是啊～屬於我春田浩次的季節今年也來了！請看我的花，Cherry Brocken Jr.（註：日本漫畫《格鬥金肉人》裡的登場人物）已經上色，深藍加上粉紅的雨——」

「應該是Cherry Blossom吧……？」

「哇喔～迎頭就遇見上亞美大人一行～嘻嘻嘻！去上廁所嗎？」

可怕！可怕！可怕！

剛從女廁出來就撞見春田的亞美、麻耶和奈奈子擺出同樣姿勢雙手抱肩，面面相覷。

「你們怎麼還在學校？」

話說回來，妳們還真誇張。竜兒指的是三人一樣的長捲髮。記得在放學前的班會時還不是這種髮型。

「我們剛剛在練習捲頭髮～♡」

看來心情很好的亞美用手指輕輕捲動胸口附近的頭髮，張開的嘴巴是動人的心形。她對竜兒眨動長睫毛說道：

「怎樣怎樣？感想如何？呵呵～～這頭亮澤輕飄的捲髮，不覺得超適合亞美美的嗎？適合到恐怖～～！已經快到危險邊緣了～～！這股爆發力、這股潛力、決斷力！怎～～樣？連我都覺得自己可怕。呀啊！真是不得了～～！」

「妳在興奮什麼？話說回來，就是有妳們這種人在廁所弄頭髮，洗臉台上才會都是頭髮。那些亮澤輕飄的捲毛掉下去之後，有沒有撿起來啊？」

「……你可以滾了！」

啐！去！去！亞美一臉不高興的表情對竜兒揮手。不曉得是不是因為亞美的舉動，麻耶和奈奈子忍不住笑了。看到奈奈子的頭髮——

「我個人覺得～～香椎大人的捲度很可愛～～」

「是嗎？謝謝。其實這樣有點失敗。」

「嗯嗯～～不要太捲，蓬鬆一點比較好。」

奈奈子因為春田的稱讚放鬆原本嘟起的嘴唇，以帶有深意的眼神看向能登：

「能登同學覺得什麼捲度最可愛？像我這樣蓬鬆？或是亞美那種華麗？還是像麻耶一樣髮尾微捲？你喜歡哪一種？」

「咦！我嗎？頭髮？我、我——」

話題突然轉到自己身上，能登一一看向2年C班代表美少女三人組的臉：

「——要不要一起去唱歌？」

最後轉移話題，對著女廁的門說道：

「我們現在正好要去……呃，如果妳們有空，可以一起去……那個、不過如果要去別的地方……就那個、如果那個……呃，就在KTV對面的摩斯漢堡買吃的，裡面飲料免費。唉，雖說無所謂，那個就是那個，不過就是那個。」

他稍微轉過頭，沒有針對某個人小聲說道：

「北村也會來。」

沒想到——

「這麼巧！」

麻耶突然開朗地大叫，彷彿想要掩蓋能登的聲音：

「我們剛好也說要去唱歌！既然這樣就大家一起去吧！這些傢伙一起去沒關係吧，亞美、奈奈子？」

「當然！大家一起去比較有趣嘛。對吧，亞美？」

「啊～～嗯，沒想到這些傢伙可以聽到亞美美的美聲～～」

一行人穿過走廊來到鞋櫃換鞋。女孩子走在前面，後面的能登唸唸有詞：「果然是為了北村嗎？」你問我也不知道啊。竜兒不禁苦笑，同時若無其事地把能登的腦袋推向春田。

一群人吵吵鬧鬧走過還沒開花的櫻花樹下。亞美看往運動場的方向，說聲「時間剛好！」就突然跑到護網旁的欄杆⋯

「喂～～！実乃梨！」

「嗯？亞美怎麼了？咦咦咦，怎麼大家都湊在一起？要回家了？」

亞美對在外側跑道的実乃梨招手。身穿滿是塵土的壘球社制服，実乃梨手指纏著運動繃帶，不過拿掉帽子便露出平常的笑容。「喲！」実乃梨也對著竜兒揮手。喔！竜兒也揮手回應。

「妳這樣還真恐怖⋯⋯社團活動還沒結束嗎？今天要打工？」

「已經結束了。今天不用打工！」

「真的？我們現在要去唱歌，妳換好衣服也一起來吧。」

「唱──歌！唔喔喔！超久沒唱了！我要去我要去！給我聽好了～～今天我要以動畫歌征服你們！」

「好好好，我知道了。總之快點！」

「ＯＫ！超讚說！」

超讚說⋯⋯？是什麼讚⋯⋯？奈奈子和麻耶不解地偏著頭。這時正好看見收到簡訊的北村跑下樓梯。

喂————！竜兒忍不住對好友揮手，催促他快點過來。北村也以同樣的氣勢揮手回應，晃著眼鏡滿臉笑容跑來。実乃梨迅速結束今天的社團活動，以日本戰國武將的動作集合社員宣布解散。女孩子走在前方，能登與春田和竜兒一起停下腳步等待北村。

大家都在這裡。

只剩下妳了——竜兒在心裡悄悄說道。

大家都在，所以快點過來。

快點回到我身邊。

大河。

我好想見妳。

＊＊＊

——這世界上有一個東西，任誰也沒見過。

「……喔、喔、喔……」

「垠！垠、垠、垠垠垠……垠……垠～！」

「好棒，就是這樣就是這樣……真的好可愛……喔喂喂，住手小鸚，這樣很癢。」

「凌！」

沐浴在晨光之中，長相詭異的鳥正咬著竜兒手上的皮膚。高須竜兒拉開牠的嘴，看著自己被小鸚啄了幾口的大拇指。

「TOY！」（註：垠凌、Yinling of Joytoy，來自台灣的日本性感藝人）「OF JOY——」

「太棒了……！」

竜兒沉醉地眨動雙眼，用指尖撫摸站在自己手上的醜鳥小鸚。或許這樣很舒服，小鸚流出白濁的口水、翻白眼、渾身顫抖。嗯、嗯、好、好——竜兒忍不住對著牠的頭親下去。其實他想整隻吞下。小鸚對竜兒來說就是這麼可愛，不過真的那麼做恐怕沒資格當人。今天早上的溝通到此為止，竜兒把小鸚輕輕擺回鳥籠。

好了——看看時間，七點四十五分。

「……不妙！」

時間過得真快，竜兒原本以為現在的時間大約只是七點半。高中三年級的開學典禮怎麼可以遲到？

「話說回來，頭！」

竜兒衝進盥洗室照鏡子，「噫——！」嚇得不禁往後仰。頭髮偏偏挑在今天這個日子變型。戴鴨舌帽……不，乾脆戴假髮好了！後腦勺的頭髮怎麼會這麼膨？竜兒拚命用梳子梳、用沾濕的手指想辦法撫平。

「糟糟糟糟糕了……！」

竜兒穿著襪子回到客廳，從櫃子拉出收有泰子整髮組的小籃子，找尋可以安撫亂髮的噴霧、泡沫髮雕還是髮蠟什麼的。唉，總之什麼都可以，快點想辦法。

「小竜在找什麼？」

「頭！整髮！現在這樣根本沒辦法出門！」

「啊～那個！小竜手上拿的那個，是專門對付睡醒亂髮的水髮蠟喔！借泰泰一下，泰泰弄給你看～」

已經起床換好衣服，和竜兒一起吃過早餐的泰子繞到竜兒身後，在頭上抹了幾下水髮蠟，梳了幾下濕髮然後用力一壓。竜兒不安地再次看向時鐘：

「慘了慘了慘了……搞不好真的會遲到。妳呢？幾點出門？」

「泰泰沒關係～只要十點之前到店裡就行了～好了，接下來只要用吹風機把弄濕的地方吹乾就好。」

竜兒隨便應了一聲，再度回到盥洗室慌張拿出吹風機，插頭掉在光亮的洗臉台上，發出聲響。「沒事吧？」偷看著竜兒的泰子因為把嚴重受損的頭髮一口氣剪短，感覺起來更像園子。可是她本人似乎不喜歡，大聲宣布要再次留長。

自從那天之後，園子來過這間屋子三次，清兒一次，竜兒與泰子也回了娘家高須家一次。在感動再會之後緩緩重新開始的日常生活果然有些嚴苛，分開過久的雙親與離家出走的女兒偶爾會有摩擦。不過泰子在三月底從毘沙門天國退休，原因並非在意父母的看法，而是老闆的意思。由第二紅牌靜代接任新的媽媽桑，泰子接下新店。

店名叫作「大阪燒・弁財天國」。聽說今天有新人面試。

「弄好了？」

「……放棄！」

竜兒按著好像小鸚頭的髮型，瞪著鏡子裡自己的臉。從今天起就是高三生，他試著皺起眉頭，決定這樣就好。能做的事已經做了，總比遲到來得好。

竜兒衝進窗簾關上的房間，撕下制服外面的洗衣店塑膠袋，接著捲起塞進垃圾桶，穿上筆挺的立領學生服。

窗簾對面的大樓寢室，現在住進一對不認識的年輕夫妻。對方似乎不喜歡整天見面，百葉窗總是緊閉，所以竜兒也很少打開窗簾。無所謂，反正就算打開窗簾，陽光也照不進來。

竜兒抓起手機，把手提袋掛在肩上跑出房間：

「我去上學了！」

「慢走～～！別擔心～～～～～！小竜是全世界最帥的！」

「……」

這就是所謂的偏袒吧。

母親的袒護讓竜兒一早就想跌倒，不過他還是連忙穿上擦得晶亮的學生鞋，握住冰冷的門把，用力把門打開。

春天耀眼的陽光瞬間照亮竜兒的全身上下。

教人睜不開眼的陽光，帶有花香的溫暖春風，竜兒在湛藍的天空下大口大口呼吸外面的空氣。

踏響鞋子跑下樓梯，「早安！」「哇！別突然出聲！」……拿著掃把打掃門口的房東差點沒有心臟病發作。

全新的日子就此再度出發。

新學年、新班級、新導師、新朋友，都從這個全新的早晨開始。一步一步前進，腳上充滿能量。

「大河。」

大步前進，挺起胸膛。

「妳要如何往前走?」

我可是堂堂正正地邁步向前。我相信自己正朝著妳的方向、相信能夠在這條路上和妳再度相遇。

所以妳也要——

「唔咕！」

「噠啊！」

——這世界上有一個東西，任誰也沒見過。

它很溫柔、很甜。

如果看得見，應該每個人都會想要吧！

正因為如此，所以誰也沒有看過。

這個世界把它隱藏得好好的，讓人無法輕易得手。

但總有一天，它會被某個人發現。

唯有能夠得到它的人，才可以看見它。

只要好好睜開眼睛，竜兒也能找到。只要堅定前進就不要緊。

大河也一定能夠找到。

就是這樣。

「……好……痛啊啊啊……！妳、妳妳妳妳！」

顫抖的舌頭因為麻痺而口齒不清。

妳怎麼會……好不容易開口，卻沒注意肩上的包包掉在地上。

驚愕彷彿過強的純白光芒矇蔽竜兒的視線，感覺在瞬間全被奪去。

「……為什麼！妳什麼時候來的？怎麼回來的！」

大河跌坐在按住下巴的竜兒面前，身上是和過去相同，但是看起來很新的制服。她正抱著剛才狠狠撞上竜兒的腦袋呻吟，站不起來。

「喔、喂，妳……要不要緊？」

「……總覺得有點暈……話、說、回、來——」

瞪！大河睜大藏在小手後面的雙眼，以充滿殺意的眼神看著竜兒。即使尺寸小到可以擺在手上，老虎終究是老虎。她以猛烈氣勢飛撲過來……

「一大早我就一——直在這裡等你，你很慢耶！根本就遲到了嘛！而且還完全沒注意到我直接撞上來！你為什麼——」

竜兒毫不猶豫地用全身的力氣抱住以渾身體重緊緊抓著竜兒的嬌小身體。

「——沒有一開始就抱住我！」

這麼猛烈、這麼強力、這麼嬌小、這麼輕盈、這麼衝動、這麼可愛——這就是大河。

「對不起。」

大河總是這麼突然。

突然出現、突然撞上竜兒、突然奪走整顆心，總是這樣，打從一開始就是這樣。早就知道會變成這樣。互相緊擁、彼此深呼吸、使盡全力喊出聲音：妳回來了！回來了！我回來了！回來了！能夠回來真教人開心，兩個人的世界充滿喜悅。

面對面的兩人懷抱滿溢的愛，以睜開的眼睛凝視彼此，稍微流淚，互相傾訴這些日子的孤寂，同時臉上滿是笑容、笑容、笑容。

「是大河、大河、大河、是真的大河……真的是大河！」

「竜兒，真的竜兒，我最愛的竜兒！」

「……妳為什麼能夠回來？」

「就是媽媽在隔天就撤回退學申請，改為休學申請，所以我才能回到學校。不過也不是馬上能夠獲得校方同意，再加上之前鬧得那麼大，到處一團混亂，她才沒有告訴我。我也是直到前陣子才知道。」

「房子呢？妳現在住哪裡？妳……可惡！到底在搞什麼！這些日子到底都在哪裡？也不和我聯絡！」

「那邊——」

大河稍微抬起溼潤的眼睛，看向旁邊的白色大樓，喉嚨繼續發出笑聲：

「已經回不去了。不過我住得很近喔，就在那邊。大家一起來我家！真的很近！」

「……當然要去！絕對要去！」

「媽媽和新爸爸，還有——弟弟都在！好可愛！他們為了我在附近租房子！不過條件是媽媽上班時，我要幫忙照顧弟弟。不過一畢業就要搬走了，對吧？」

「也是。」

「是啊。」

竜兒描繪的這條通往未來的路上，是和大河結婚、兩個人一起生活的夢。大河心中一定也描繪相同的夢。夢裡還有大家。因為有如此美好的夢想在未來等待，竜兒和大河才能夠這麼開心、幸福地瞇起眼睛展露笑容。

「看到我在學校出現，大家會很驚訝吧。我還沒有和任何人說喔——小実、蠢蛋吉、北村同學都還不知道。」

「讓他們嚇一跳吧。走囉！再繼續拖拉下去真的要遲到了！」

「嗯！」

竜兒輕輕撿起掉在地上的袋子轉身，兩人奔向一如往常的櫸木林蔭道。有人主動牽住對方的手，兩個人相視而笑。

嶄新的日子現在才要開始。

完

後記

「明日帝國 TOMORROW NEVER DIE」……是007系列電影。每次我聊到這個話題，老是會很興奮地說成「明天過後 DAY AFTER TOMORROW」。聽到身旁的人輕聲提醒我：「那好像是另一部電影？」害我不好意思到全身透出金光。於是神可憐我，召喚我到天上成為點綴夜空的星座。唉，遇上這種事，變成閃亮星星的我，實在很想以一句「日文好難呀！」打發過去，不過現在想想，那和日文沒有關係……如果各位看到雙手遮臉、受不了丟臉記憶而「哇啊啊！」大喊的悲慘雌性星座，請揮揮手，那就是我。我是竹宮ゆゆこ。閃閃發亮中……！

在我注意到時，《TIGER×DRAGON!》也寫了整整三年。寫故事大綱、寫稿、稍微休息、看印樣、寫故事大綱、寫稿……重覆做了三年。我一直在做這些事。或許是一直被截稿日追著跑的關係，回顧起來感覺上只是一轉眼、只是季節變換而已。搞不好就和作品裡的時間一樣，只是過了一個春夏秋冬，可是現實的時間毫不留情地流逝，身體整整老了三年。

總之，我花了三年時間寫完一整年的故事，寫出了十集《TIGER×DRAGON!》。感謝買下這部作品的各位一路相陪！不曉得讀者們是否從中得到樂趣呢？

今後預定要寫幾篇短篇故事，不過主線故事到第十集便告一段落。本系列能夠延續到這裡，這三年的時間我一直很幸福，有能夠發表作品的地方，有願意閱讀的各位，這一切真的很棒！我好幸福！好想再多寫一點！這就是撇除理性之後的真心話。但是我覺得也到了必須做個區隔的時候。

再次由衷感謝閱讀《TIGER×DRAGON!》的各位！因為你們總是等在稿子終點，讓我持續創作，用作品代替手拍你們的肩膀、出聲呼喚。寫《TIGER×DRAGON!》對我來說就是和你們接觸、聯繫的唯一方法。

如果可以，我真想從書裡爬出去……聽到我這麼說，各位覺得如何？很恐怖嗎？翻開書突然出現三十歲的我。累到不行、眼睛下面掛著黑眼圈，臉上毛茸茸（用了很營養又有點貴的面霜之後，臉毛長個不停。除此之外還塗在手上，所以指毛也很驚人。這下子該怎麼辦才好？）……不行嗎？既然這樣，打扮成ヤス老師畫的美少女出現如何？水亮銀色短髮加上金色眼睛、尖尖的黑色貓耳朵這樣呢？會被誤認為是少年的纖細肢體毫不客氣地裸露，只有脖子上掛著毛茸茸的黑色項圈。如果真有那麼一天，還請多多指教。

……唉呀，銀髮貓耳全裸打扮或許很難。如果是銀髮和全裸還算辦得到，不過對所有人來說應該都是件不幸的事……話說回來，我還想寫新作品，還想繼續寫下去。這些日子支持

《TIGER×DRAGON!》的各位，如果我能順利寫出下一部作品，也請大家拿起來翻一下，或是瞄一下也好。如果各位願意一看，就是我最大的幸福。

還有寫信和讀後感想給我的讀者，在我瀕死之際，你們寫的內容救了我。好幾次、好幾次我需要幫助時，就會反覆閱讀大家的信。另外是參加簽名會的各位，那是我這輩子第一次簽名會，所以忍不住緊張到發抖，不過真的很開心，是我永遠忘不了的回憶。然後是陪伴我走到《TIGER×DRAGON!》第十集的各位，再一次、再一次謝謝你們！下一部作品也請多指教！最後是ヤス老師，以及一起完成《TIGER×DRAGON!》的各位，大家辛苦了！稍微休息一下，我打算馬上就要開工！

竹宮ゆゆこ

我是ヤス。
能夠平安無事一直擔任插畫工作直到最後一集，
這一切都是託各位的福。
感謝大家一路上支持《TIGER×DRAGON!》！
如果有機會再見面，還請多多指教！

竹宮老師、湯淺編輯，
除此之外還有助手櫻葉。
真是謝謝你們的照顧！

國家圖書館出版品預行編目資料

TIGERxDRAGON! / 竹宮ゆゆこ作 ; 黃薇嬪譯. --
初版. -- 臺北市 : 臺灣國際角川, 2007. 09-
冊 ; 公分. -- (Kadokawa fantastic novels)

譯自 : とらドラ!
ISBN 978-986-174-473-5(第4冊 : 平裝). --
ISBN 978-986-174-645-6(第5冊 : 平裝). --
ISBN 978-986-174-875-7(第6冊 : 平裝). --
ISBN 978-986-174-966-2(第7冊 : 平裝). --
ISBN 978-986-237-051-3(第8冊 : 平裝). --
ISBN 978-986-237-166-4(第9冊 : 平裝). --
ISBN 978-986-237-260-9(第10冊 : 平裝)

861.57 96015825

Kadokawa
Fantastic
Novels

TIGER×DRAGON 10！（完）

（原著名：とらドラ10！）

2009年9月25日　初版第1刷發行
2022年5月30日　初版第6刷發行

作　者：竹宮ゆゆこ
插　畫：ヤス
日版設計：荻窪裕司
譯　者：黃薇嬪
發行人：岩崎剛人
總編輯：蔡佩芬
副總編輯：朱哲成
設計指導：陳晞叡
印　務：李明修（主任）、張加恩（主任）、張凱棋
發行所：台灣角川股份有限公司
地　址：104台北市中山區松江路223號3樓
電　話：（02）2515-3000
傳　真：（02）2515-0033
網　址：www.kadokawa.com.tw
劃撥帳戶：台灣角川股份有限公司
劃撥帳號：19487412
法律顧問：有澤法律事務所
製　版：尚騰印刷事業有限公司
ISBN：978-986-237-260-9